Aux accords
de Nashville

PATTI BECKMAN

Aux accords
de Nashville

*Cet ouvrage a été publié en langue anglaise
sous le titre :*
NASHVILLE BLUES

© 1985, Patti Beckman. © 1988, Traduction française : Harlequin S.A.
48, avenue Victor-Hugo, 75116 Paris — Tél. : 45 00 65 00.
ISBN 2-280-18091-X — ISSN 0988-1077

1.

Le ciel lumineux de la Floride contrastait avec l'humeur sombre d'Andrea Castille. Plongée dans ses pensées, elle traversa l'aéroport de Tampa sans regarder autour d'elle.

Lorsque l'éclat du soleil l'aveugla, projeté par le fuselage argenté du 747, elle reprit conscience de son environnement. Elle soupira profondément.

Son agitation intérieure ne transparut pas dans le sourire qu'elle adressa à l'hôtesse. En s'engageant dans l'allée centrale de l'avion, elle attira l'attention de plusieurs passagers masculins. Chacun espérait voir cette beauté brune venir occuper le siège vacant à côté de lui.

Le destin lui attribua une place près d'un hublot, avec pour voisin un homme d'un certain âge qui lui rappela son grand-père, Manolo Castille.

Les soucis qu'elle s'efforçait de réprimer l'assaillirent à nouveau, tandis qu'elle s'installait et sortait de son sac l'enveloppe contenant les informations à propos de Jess Clark.

En d'autres circonstances, Manolo Castille aurait effectué lui-même ce voyage d'une importance capitale. Hélas, miné par les problèmes financiers de son affaire, il n'en était plus capable. Andrea partait à sa place. Tout le poids de cette pénible mission reposait sur ses frêles épaules.

Elle boucla sa ceinture en se demandant, ainsi qu'à chaque décollage, comment un appareil aussi énorme et lourd réussissait à s'élever dans les airs. Elle attendait avec appréhension d'entendre le vrombissement des moteurs.

La formidable puissance se manifesta enfin et elle fut plaquée contre le dossier de son fauteuil. Quelques instants plus tard, Tampa devenait une ville-jouet dans un paysage de baies tropicales. La végétation s'étendait à l'est au-delà de St. Petersburg et, à l'ouest, s'étirait le golfe du Mexique, scintillant comme un diamant au soleil. L'avion allait retrouver la terre à Nashville, dans le Tennessee, un haut lieu de la musique. A cette idée, la colère contenue d'Andrea s'éveilla à nouveau à la vue de l'enveloppe qu'elle tenait à la main. Il s'agissait de photographies et d'articles. Elle s'empara d'un portrait en couleur de Jess Clark et oublia tout le reste pour un moment. Il possédait le regard perçant, fascinant, d'un homme connaissant les extrêmes : la pauvreté impitoyable et la gloire. Au prix d'un effort, elle quitta ses yeux pour étudier l'ensemble du personnage. Son visage exprimait une maturité acquise au travers de situations difficiles qui lui avaient donné l'occasion de développer son endurance. Les mains vigoureuses qui s'étaient prêtées à des métiers durs caressaient à présent les cordes d'une guitare pour jouer des mélodies célèbres dans tous les Etats-Unis.

Jess Clark était un homme impressionnant, doté en outre d'un charme assez irrésistible. Andrea se l'avoua à contrecœur. Pour se ressaisir, elle évoqua les rumeurs parvenues jusqu'à elle et sa colère se ranima. Jess Clark passait pour briser sans scrupules le cœur de ses admiratrices. Sa réputation de séducteur pouvait certes se révéler exagérée, Andrea n'en savait rien. Elle n'avait qu'une certitude : les merveilleuses guitares Castille étaient destinées à des artistes classiques et non pas à ce compositeur de chansons folk. Il lui suffisait de songer que l'avenir de ces superbes instruments dépendait de lui pour frémir d'horreur.

— Est-ce votre petit ami ? s'enquit l'homme à ses côtés sur un ton très naturel.

Le son de sa voix tira Andrea de ses pensées. Surprise, elle s'exclama :

— Grands dieux non ! C'est une photographie de Jess Clark, le chanteur.

— Ah oui, répliqua l'homme en remontant ses lunettes sur son nez, j'aurais dû le reconnaître. Je ne voulais pas être curieux, mais vous le regardiez si intensément. L'avez-vous déjà rencontré en personne ?

— Pas encore. Je vais le voir pour affaires.

— Mon petit-fils, qui a dix-neuf ans, vous envierait sûrement.

L'homme passa la main dans ses cheveux blancs et ajouta :

— C'est pour lui que je me rends à Nashville ; il donne son premier concert. Il rêve de devenir une grande vedette...comme Jess Clark.

— Je le lui souhaite, affirma Andrea.

— Moi aussi. Inutile de vous dire qu'il a causé beaucoup de soucis à sa famille. Sa mère, ma fille, l'imaginait déjà médecin ou avocat, mais il a toujours vécu pour la musique. Il est allé à Nashville en jurant de réussir. Il a du talent, je dois l'avouer, et il ne manque pas de volonté. Il aura peut-être la chance d'être l'un des élus parmi les milliers de candidats à la gloire qui arrivent là-bas plein d'espoir, mais s'en vont, pour la plupart, découragés au bout d'un ou deux ans.

Talent et volonté expliquaient sans doute la carrière brillante de Jess Clark, songea Andrea. Fils d'un mineur décédé prématurément, Jess Clark avait commencé par de petits spectacles misérables, dans des endroits perdus, pour quelques malheureux dollars. Comment avait-il fait son chemin jusqu'aux scènes les plus prestigieuses ? Possédait-il davantage de qualités que ses rivaux ? Andrea s'estimait incapable d'en juger. Ses goûts musicaux s'étaient formés à l'écoute de Beethoven, Schumann et Segovia. La famille Castille plongeait ses racines dans la vieille aristocratie espagnole, du sang royal coulait dans les veines d'Andrea.

Durant le reste du voyage, elle s'efforça de ne plus penser à Jess Clark. Elle dormit même un moment et fut réveillée par son voisin.

— Nous allons atterrir, lui annonça-t-il.

Le signal lumineux s'alluma et il boucla sa ceinture, aussitôt imité par Andrea. A travers le hublot, elle contempla la ville. De haut, Nashville évoquait un univers nain pris dans les méandres du fleuve Cumberland et entouré de la mosaïque brune et verte des terres ondulées du Tennessee.

Songeant à son petit-fils, le vieil homme arborait une expression fière. Pour lui, comme pour beaucoup d'autres, Nashville était un lieu exaltant, plein de promesses. Andrea ne partageait pas cette impression. Il lui tardait déjà de repartir par le premier avion, aussitôt son contrat signé.

En quittant sa place, elle sourit à son compagnon.

— Bonne chance pour votre petit-fils.

L'homme lui sourit en retour, puis la laissa passer et d'autres voyageurs les séparèrent.

Dans l'aéroport, Andrea s'arrêta net en entendant soudain le nom de son grand-père diffusé par les haut-parleurs. Leur obéissant, elle se dirigea vers le guichet d'information.

— Je viens pour l'appel concernant M. Castille, déclara-t-elle.

— Eh bien, ce monsieur là-bas l'attend... vous attend, lui expliqua aimablement l'hôtesse aux cheveux noirs.

Du doigt, elle désigna à quelques mètres un personnage de stature plus qu'imposante.

Andrea pensait être accueillie par Jess Clark et l'homme ne lui ressemblait pas du tout. Il évoquait un catcheur. Complètement chauve, fumant un gros cigare, il portait une tenue excentrique : des nu-pieds, un pantalon orange dans lequel il n'avait pas rentré sa chemise bariolée.

J'aurais dû m'en douter, maugréa-t-elle intérieurement. Jess Clark ne daignait pas se déranger lui-même.

— Excusez-moi, lança-t-elle en toussant pour s'éclaircir la voix. Vous attendez M. Castille ?

L'inconnu retira son cigare de sa bouche avant de répondre.

— Oui, et vous n'êtes pas M. Castille !

Il apprécia sans vergogne mais sans arrogance la silhouette longue et mince de la jeune femme. L'agressivité initiale d'Andrea se mua en une sorte de sympathie indulgente. Elle se surprit à comparer l'homme à un gros chien affectueux. Lui souriant, elle annonça :

— M. Castille n'a pas pu faire le voyage. Je suis sa petite-fille et je suis venue représenter les guitares Castille. Je m'appelle Andrea Castille.

L'homme lui tendit la main qu'Andrea serra.

— Enchanté de vous connaître ! On m'appelle Peewee. Ma place est aux claviers dans le groupe de voyous et de rénégats qui composent l'orchestre de Jess ! plaisanta-t-il.

Andrea réprima un éclat de rire. Elle n'imaginait pas du tout ce colosse aux doigts boudinés devant les touches d'un orgue ou d'un piano.

— Jess vous demande de l'excuser, ses obligations l'ont empêché de vous accueillir lui-même.

C'était à prévoir, faillit répondre Andrea, mais ne voulant pas se montrer désagréable, elle répliqua :

10

— Ce n'est pas grave, monsieur...

— ... Peewee, rectifia son compagnon. Appelez-moi Peewee.

— Peewee, répéta-t-elle docilement.

Il écrasa son cigare dans un cendrier et proposa :

— Voudriez-vous prendre un verre ?

— Non, merci, je préférerais me rendre directement à l'hôtel.

— Entendu, nous récupérons vos bagages et nous y allons, accorda Peewee.

Quelques minutes plus tard, Andrea s'installait dans une voiture assez étonnante, une vieille Lincoln noire d'allure très respectable, mais dotée de décorations fantaisistes et de housses de siège largement zébrées. Peewee s'engagea dans la circulation avec une habileté remarquable.

— Où avez-vous réservé ? s'enquit-il.

— Au *Regency*.

— Parfait. Vous serez bien placée par rapport à nous.

Bientôt un embouteillage les immobilisa dans une vieille rue aux façades usées affichant parfois une pancarte pour une chambre à louer. Rien n'évoquait la ville scintillante des stars, Andrea aurait pu se croire dans n'importe quelle cité du Sud : Charleston ou Savannah, Augusta ou Mobile. Mais les adolescents qui venaient tenter leur chance ne voyaient peut-être même pas ce décor vétuste tant leurs projets les accaparaient.

— Les candidats à la gloire se pressent nombreux ici, n'est-ce pas ? s'enquit Andrea.

— Ils sont des centaines, des milliers.

— Et seulement quelques-uns arrivent.

— Oui, accorda Peewee.

— Vous êtes l'un de ces derniers, nota Andrea.

Cette remarque lui attira un sourire.

— En effet. Je joue avec Jess Clark, je ne pouvais pas rêver mieux.

La conversation se poursuivit, amicale, relatant les débuts de Peewee et de Jess Clark. Quand la Lincoln s'arrêta devant l'hôtel *Regency*, un chasseur en livrée s'empressa d'ouvrir la portière d'Andrea. En la quittant, Peewee déclara avec un sourire malicieux :

— Je vais dire à Jess qu'il a manqué quelque chose en ne venant pas vous chercher lui-même à l'aéroport !

Andrea se surprit à rougir du compliment, puis la Lincoln s'éloigna du trottoir tandis que le chasseur portait les bagages de la jeune femme à l'intérieur du hall. L'endroit lui plut avec son plafond voûté qui semblait s'envoler vers le ciel et les plantes vertes qui composaient au centre un jardin. Malgré les activités qui s'y déroulaient, les lieux conservaient une paix inaltérable.

L'employé de la réception réussit à donner à Andrea l'impression que l'hôtel entier n'attendait que son arrivée. Quelques instants plus tard, elle atteignait sa chambre au vingt et unième étage, suivie d'un garçon chargé de ses affaires, dont un étui en cuir contenant une guitare.

La chambre se révéla parfaite. Otant ses chaussures, Andrea marcha pieds nus sur la moquette moelleuse. Elle alla se poster à la fenêtre et contempla la rue tout en réfléchissant.

Comment allait-elle entamer la discussion avec Jess Clark ? Ils appartenaient à des univers totalement différents. La famille d'Andrea avait quitté l'Espagne quelques générations auparavant, emportant avec elle l'une des meilleures méthodes traditionnelles de fabrication des guitares. Andrea avait été élevée dans la fierté de ses origines. Entre Jess Clark et elle, il n'existait aucun point commun.

Jess Clark avait commencé à travailler comme mineur à un âge ou Andrea jouait au tennis avec ses amis. A l'occasion d'un Noël, un oncle lui avait offert une vieille guitare en mauvais état et ce cadeau avait changé la vie du jeune homme.

Malgré sa célébrité, son nom était à peine connu d'Andrea lorsque son grand-père avait pris contact avec lui.

Les bureaux et l'usine des guitares Castille occupaient un immeuble dans les faubourgs de Tampa, en Floride. Là, depuis quarante ans, Manolo Castille se vouait corps et âme aux beaux instruments qui constituaient l'honneur de sa famille.

Andrea aimait cette fabrique. Il y régnait une atmosphère calme et feutrée. Sur de longues tables s'étalaient les éléments des guitares à divers stades de leur assemblage. Les ouvriers étaient presque tous des hommes d'un certain âge qui paraissaient travailler là depuis et pour toujours.

Hélas, de lourdes menaces pesaient sur l'avenir des guitares Castille. Manolo connaissait à merveille son métier, mais il ignorait les règles économiques du monde actuel. Il venait d'une autre époque et n'avait aucune affinité avec les ordinateurs, ou les produits bon marché, fabriqués à la chaîne. Il méprisait les nouvelles marques de guitare proposées au public.

Cependant, son entreprise perdait régulièrement de l'argent depuis plusieurs années. Il ne l'acceptait pas et sa santé en subissait le contrecoup.

Raymond Ayers, son jeune et dynamique directeur commercial avait élaboré un plan pour faire remonter les ventes grâce à une promotion publicitaire assurée par le célèbre Jess Clark. « Avec son nom, sa caution, nous doublerons, triplerons et plus encore notre chiffre d'affaires expliqua-t-il à Manolo, Jess Clark n'est pas un guitariste classique, mais il s'agit d'un véritable artiste, il ne signe jamais de composition médiocre. Si nous réussissons à le convaincre de jouer sur une guitare Castille à chacun de ses concerts et d'engager son nom dans nos publicités, nous serons sauvés. »

L'exécution du projet avait donné lieu à de fastidieuses négociations avec l'imprésario de Jess Clark. Il s'était toutefois montré intéressé, mais arriver à un accord écrit avec Jess Clark lui-même se révélait difficile.

Enfin, à la suite de certains accords, il avait été convenu que Manolo Castille rencontrerait le chanteur à Nashville pour la signature du contrat. Ce voyage constituait un coup pour son orgueil, mais il se serait cependant déplacé si son docteur ne le lui avait pas déconseillé. Raymond Ayers n'avait pas pu le remplacer, Jess Clark ayant posé comme condition de traiter avec une personne de la famille Castille. Andrea n'avait plus que son grand-père.

Pour lui, elle s'était résignée à se charger de cette pénible mission.

La ruine de l'entreprise risquait de conduire Manolo à la mort, elle le savait, aussi lui fallait-il absolument réussir sa démarche auprès de Jess Clark. La perspective de se trouver bientôt face à lui la perturbait étrangement.

La sonnerie du téléphone l'interrompit soudain au milieu de ses réflexions.

— Allô, dit-elle.

— Miss Castille, déclara une belle voix grave, ici Jess Clark.

Elle éprouva un choc. Jusqu'à cet instant, cet homme n'avait été pour elle qu'un nom, une légende et voilà qu'il s'adressait directement à elle. Elle resta un instant trop surprise pour parler.

— Peewee m'a raconté votre arrivée, continua Jess Clark. Je suis désolé de n'avoir pas pu dérouler le tapis rouge pour vous, mais je suis en bas, dans le hall de l'hôtel. Si vous voulez bien descendre, je vous présenterai volontiers mes excuses.

Une telle politesse étonna Andrea. Elle s'était attendue à des manières plus grossières de la part de cet ancien enfant des rues. Se ressaisissant, elle répliqua avec un peu de raideur :

— Ce n'est pas nécessaire.

— Je vous prends de court, j'en suis conscient, mais je ne peux pas m'organiser autrement. S'il vous était possible de descendre maintenant, je vous ferais visiter la ville tout en discutant de nos affaires.

Je ne suis pas venue en touriste, songea Andrea, mais elle répondit cependant :

— C'est une bonne idée. Je vous en remercie et j'arrive tout de suite.

Elle raccrocha, satisfaite de son intonation posée, légèrement impersonnelle. Andrea comptait s'acquitter de sa tâche avec rapidité. Il lui fallait obtenir au plus vite la signature de Jess Clark et retourner chez elle. Toutefois, la jeune femme se sentait beaucoup moins maîtresse d'elle-même que sa voix ne le laissait supposer. Toutes sortes d'émotions l'habitaient. Que se passait-il ? Elle ne redoutait tout de même pas de rencontrer une grande vedette. Non, il y avait autre chose. Le souvenir du regard pénétrant sur la photograhie traversa fugitivement son esprit. Andrea était seulement impressionnée à l'idée de voir en chair et en os le propriétaire de ce regard-là.

Dans le hall, une seconde lui suffit pour repérer Jess Clark. Il signait des autographes pour une troupe d'adolescentes en blue-jeans qui l'avait suivi dans la rue.

Elle s'approcha et attendit. Les mains puissantes du chanteur couraient avec agilité sur les feuilles de papier, tickets et cartons que ses admiratrices lui tendaient. Il incarnait à la perfection la star de l'Ouest en tenue de cow-boy ornée de métal et de franges. Il tourna soudain la tête vers Andrea.

Il produisit sur elle un effet plus fort qu'elle ne l'avait escompté. Ses traits ne correspondaient pas au critère classique de la beauté, il en émanait trop de sauvagerie, de fougue indomptable. Il était hâlé, avec un menton carré, une bouche large et généreuse, un nez fin et droit, des cheveux sombres et épais.

Mais Andrea remarqua surtout ses yeux. Ils évoquaient les profondeurs secrètes d'une immense forêt. Ils avaient vu tant de choses... Leur pouvoir se révélait presque insupportable. De sa vie, Andrea n'avait jamais rencontré une telle personnalité. Elle comprenait à présent comment Jess Clark parvenait à faire pleurer une salle entière.

— Miss Castille? lança-t-il.

Il posa sa main sur son bras et à ce simple contact, une sorte de décharge électrique courut tout le long du corps d'Andrea.

2.

Jess Clark fut ébloui par la beauté de la jeune femme. Son abondante chevelure noire contrastait avec la délicatesse de sa peau. Son maquillage appliqué avec art soulignait subtilement la perfection classique de ses traits. Elle possédait une élégance aristocratique, des lèvres aussi tentantes qu'un fruit mûr, un long cou gracieux, des épaules frêles, exprimant pourtant la volonté, un buste aux courbes séduisantes sous une robe d'une grande élégance.

Souriant intérieurement, il se rappela la description de Peewee : « C'est une dame, Jess. »

Peewee avait raison et Jess ne se trouvait pas couramment en présence de ce genre de créature : elle possédait indiscutablement le pouvoir d'intimider un homme.

Andrea dégagea délicatement son bras avec le sentiment d'échapper à un grand danger. Des doigts de Jess Clark émanait une chaleur troublante, dont elle n'avait pas la moindre intention de subir les effets. Suffisamment de femmes le souhaitaient, de toute évidence. Elle venait d'assister aux effusions édifiantes d'un groupe d'admiratrices.

Elle n'avait rien en commun avec elles. Elle se trouvait là pour affaires. Jess Clark représentait uniquement une signature pour elle.

— Oui, je suis Andrea Castille, répondit-elle, mécontente de s'entendre parler d'une voix un peu rauque. Et vous êtes monsieur Jess Clark.

— Oui, avec mes excuses. Avez-vous fait bon voyage ?

— Excellent, répliqua-t-elle, consciente du test mutuel qui se cachait derrière cet échange poli.

Elle s'appliquait à conserver une mine détachée, sans réussir toutefois à échapper à l'impression que produisait invinciblement son compagnon. Un parfum de sensualité se dégageait le plus naturellement du monde de sa stature et de son maintien.

Après un petit moment de silence embarrassé, il lança avec un sourire :

— Etes-vous toujours si grave ?

— Que voulez-vous dire ? rétorqua-t-elle, fronçant les sourcils

— Loin de moi l'idée de vous offenser, Miss Castille, déclara-t-il en souriant plus franchement, mais je vous trouve un peu froide.

— Je ne suis pas venue ici pour m'amuser, mais pour affaires.

Jess Clark arbora une expression amusée. Se moquait-il d'elle ?

Elle se sentit rougir. Se rendait-il compte de l'effet de sa présence? Peut-être jugeait-il normal d'émouvoir toutes les femmes qu'il honorait de son contact.

Quelle arrogance! Eh bien, Andrea refusait de se laisser démonter. Elle devait accomplir une mission, elle l'accomplirait.

Faisant une nouvelle tentative, Jess Clark proposa:

— Aimeriez-vous un rafraîchissement?

Andrea se surprit à étudier cette banale invitation sous tous les angles. Elle ne pouvait refuser sans paraître désagréable. Le rafraîchissement comptait parmi les obligations inhérentes à sa mission. Un moment de détente allait faciliter les négociations. Elle regrettait simplement de se sentir si mal à l'aise en compagnie de cet homme.

— Oui, accorda-t-elle. Nous serons mieux autour d'un verre pour discuter du contrat.

— Rien ne presse, nota Jess Clark, toujours souriant.

— Nous ne nous sommes en effet pas pressés jusqu'à maintenant, ironisa-t-elle sèchement. Cette rencontre aurait déjà pu avoir lieu il y a des semaines.

— Excusez ce retard, Miss Castille.

Commme elle le considérait avec étonnement, il répéta en la gratifiant d'un sourire désarmant:

— Oui, je vous prie sincèrement de m'excuser.

Il semblait sérieux.

— Mon imprésario se donne beaucoup de mal pour organiser au mieux ma vie entre les tournées, les enregistrements et toutes sortes d'échéances. Il est obligé de définir des priorités.

Andrea comprenait, mais de fort mauvaise grâce. Jess Clark touchait sans aucun doute des cachets fabuleux en comparaison desquels l'offre honnête, mais modeste des guitares Castille ne représentait rien. Elle ne lui en voulait presque plus, et s'apprêtait même à lui dire aimablement : « N'en parlons plus », quand il réveilla à nouveau sa méfiance en ajoutant :

— Mais si j'avais su quelle déléguée les Castille comptaient nous envoyer, je n'aurais pas hésité à bouleverser mon programme pour la rencontrer au plus vite !

Elle remarqua la façon déroutante dont il la regardait, se comportant comme si l'immense hall autour d'eux était désert. Un seul être existait sur lequel toute son attention se concentrait : Andrea Castille.

Cette attitude l'effraya. Quelle femme pouvait résister à un regard pareil ? Furieuse contre elle-même, elle s'exhorta au calme. Sans doute la fatigue était la cause de la tension accumulée au cours des journées précédentes, accentuée de ses inquiétudes pour son grand-père et pour l'avenir de sa société. En des circonstances plus normales, elle ne se serait pas sentie la proie fragile d'un redoutable chasseur aux yeux d'hypnotiseur.

Elle avait failli tomber dans le piège de ses excuses, mais ses intentions dévoilées de séducteur la rappelaient énergiquement à la réalité. Il ne se révélait pas meilleur qu'elle l'avait imaginé : un homme parti de rien et qui se croyait tout permis depuis qu'il était arrivé au sommet de la gloire.

Pendant qu'elle réfléchissait, il revint sur leur idée de prendre un verre ensemble.

— Ici même dans l'hôtel, nous avons trois possibilités: le restaurant, le salon ou le café qui se trouve à l'extérieur.

Andrea exclut immédiatement le restaurant, somptueux, dont les grandes baies vitrées donnaient sur la ville, royaume de Jess Clark. Elle exclut aussi l'intimité du salon et choisit la dernière solution.

— Je serais contente de faire quelques pas jusqu'au café, annonça-t-elle d'un air décidé.

Jess Clark s'empara de son bras, provoquant un petit frémissement, mais elle ne le retira pas. Il lui suffisait d'avoir clairement indiqué sa position, elle ne voulait pas se comporter d'une manière trop déplaisante.

D'ailleurs, il la tenait avec beaucoup de courtoisie, sans trop la serrer. Peut-être était-il galant, malgré son arrogance ? Peut-être était-il capable de se lever pour céder son siège à une vieille dame dans un autobus ? Mais il ne se déplaçait pas en autobus, il roulait probablement en Mercedes.

Andrea s'assit en face de lui, dans la douce chaleur de l'après-midi, et ils passèrent leurs commandes à une serveuse alerte.

— Un vin blanc me conviendrait parfaitement, affirma Andrea.

Jess hocha la tête et demanda:

— Une bouteille de...

— Je voudrais simplement un verre, l'interrompit-elle.

Son intervention provoqua à nouveau la moue moqueuse de Jess. Il ressemblait à un chat jouant avec une souris. Sans le vouloir, Andrea imagina un instant ses lèvres s'emparant des siennes.

Déconcertée, elle s'empressa de se détourner de lui pour contempler la circulation et les passants dans la rue. Ils étaient nombreux à marquer un arrêt pour désigner la vedette du doigt. Deux adolescentes, s'encourageant mutuellement, s'approchèrent en ricanant, gênées. Manquant d'audace pour venir jusqu'à la table, elles repartirent en se retournant plusieurs fois. Jess avait commandé deux verres de bordeaux blanc, Mouton Cadet, 1980.

— Bien! lança-t-il en posant ses deux grandes mains sur la table. Par quoi souhaitez-vous commencer la visite de Nashville? Vous pourriez rester ici des mois sans réussir à tout voir, je devrais peut-être vous dresser la liste des …

— Votre bureau, monsieur Clark, est le seul endroit que je souhaite voir. Je compte y trouver votre imprésario et un homme de loi pour le contrat. Ensuite, j'ai bien peur d'avoir à rentrer immédiatement à Tampa.

— Tampa, murmura Jess, ignorant délibérément sa détermination à demeurer strictement sur le plan des affaires. J'y suis allé l'année dernière, pour le festival Gasparilla. Je n'en ai vu que l'auditorium, des fenêtres du bus.

— Quel bus?

— Le véhicule aménagé qui me conduit de concert en concert.

En parlant, Jess se rendit compte qu'il menait une existence sans aucun point commun avec celle d'Andrea. Cette jeune femme issue d'un milieu privilégié ne connaissait pas l'exaltation de se tenir devant une foule en délire, elle ne s'était jamais obligée à donner un spectacle malgré une grippe ou une fatigue proche de l'épuisement. Sans doute sortait-elle le soir en robe longue pour aller écouter des symphonies de Beethoven.

La serveuse revint avec deux verres emplis d'un liquide doré et un petit plateau de biscuits et de lamelles de fromage.

Andrea trouva le vin excellent. Jess savait choisir. Elle fronça les sourcils en mesurant les paradoxes de cet homme déroutant. Il suscitait toutes sortes de questions, il se révélait complexe, insaisissable. Il se montrait étonnamment sophistiqué. Où avait-il acquis ses connaissances et sa prestance ?

Levant son verre, il interrompit le cours de ses pensées en proposant un toast :

— Je bois à votre séjour à Nashville !

— A mon séjour à Nashville, accorda-t-elle, et au contrat !

— Nous en viendrons bientôt au contrat, ne vous inquiétez pas. Puis-je vous appeler Andrea ?

En rencontrant le regard de Jess, elle se rendit compte qu'il ne se serait pas dérangé aussi vite si l'envoyé des Castille avait été son grand-père. De toute évidence, il ne répugnait pas à mélanger affaires et plaisir. Son comportement amenait Andrea à envisager de nouvelles possibilités : ne pas précipiter son retour à Tampa, prendre de courtes "vacances" à Nashville et y voir Jess Clark plus souvent que ne l'exigeait sa mission. Cette perspective éveillant une émotion trouble en elle, elle se raidit aussitôt.

— Monsieur Clark, je suis ici pour signer un contrat et je compte le faire le plus rapidement possible.

Le sourire de Jess s'effaça et son regard s'assombrit. Sa voix se teinta d'une certaine sévérité tandis qu'il répondait :

— Vous me l'avez déjà fait comprendre plusieurs fois, je crois.

— Je suis désolée d'insister, mais...

— Ne vous excusez pas, coupa-t-il. Gardez-vous surtout de vous excuser quand vous avez raison.

— Ce n'est pas mon genre, monsieur Clark, déclara-t-elle.

— A vous voir, je n'en doute pas, répliqua-t-il avec une pointe d'ironie.

Puis son humeur s'égaya à nouveau et il lança :

— Puis-je vous demander une petite faveur ?

— De quoi s'agit-il ?

— De mon nom. Je ne suis pas seulement monsieur Clark, je suis aussi Jess. J-E-S-S. J'aimerais vous l'entendre prononcer.

— Mais... tenta-t-elle de protester.

— C'est très facile. Il vous suffit de bouger les lèvres.

— Jess, murmura-t-elle.

— Je n'ai pas entendu !

26

— Jess.

— Encore une fois.

— Jess ! Jess ! Jess !

Soudain, ils éclatèrent de rire tous les deux. En l'espace d'un instant, la tension qui les avait opposés l'un à l'autre depuis le début de leur rencontre s'évapora comme un nuage de fumée dans le ciel.

— C'est très bien maintenent, Andrea.

— Réellement ?

— Je vous l'affirme. Je n'ai jamais entendu mon prénom prononcé d'une manière aussi charmante. Encore une fois ?

— A présent, je crois qu'il...

— Entraînez-vous un peu, suggéra-t-il d'une voix persuasive, ensuite nous vous enregistrerons et je passerai mes journées à vous écouter.

Andra lutta contre un nouvel éclat de rire. Elle poussa un soupir, consciente d'être incitée à s'abandonner à l'insouciance. *Il est en train de me manipuler,* calcula-t-elle, *et je le laisse faire !*

Il se révélait indiscutablement irrésistible, il s'était forgé une expérience remarquable auprès des femmes. Il possédait une stratégie différente pour chacune d'entre elles et n'éprouvait sans doute jamais de difficultés à séduire. Sa cause était gagnée d'avance.

Peut-être s'imaginait-il qu'Andrea avait volontairement choisi de remplacer son grand-père pour cette mission afin de rencontrer elle-même le célèbre et merveilleux Jess Clark. Son orgueil l'engageait certainement à envisager cette possibilité. Andrea se promit de ne plus entrer dans son jeu et de balayer au plus vite ses illusions.

Il lui suffisait de s'excercer à la patience, d'admettre la nécessité de conserver un calme à toute épreuve, puisqu'il ne voulait pas parler d'affaires tout de suite.

— Vous êtes très silencieuse, tout à coup, lança-t-il.

— Vraiment? se borna-t-elle à répondre.

— Ce doit être une caractéristique de votre héritage espagnol : les changements d'humeur rapides.

— Si vous le dites, monsieur Clark, fit-elle sur un ton ironique.

— Jess, corrigea-t-il.

— Avant que vous ne me classiez dans une catégorie bien définie, reprit-elle avec un sourire de satisfaction secrète, sachez que si je suis d'origine espagnole par mon père, ma mère était Anglaise.

— Voilà une combinaison très intéressante : les cheveux et les yeux noirs des Espagnols au tempérament vif et la peau délicate des Anglais au maintien austère.

Elle le considéra d'un air songeur.

— Pendant que nous sommes en pleine psychanalyse de bazar, parlons un peu de vous, Jess Clark, vous présentez aussi des contrastes.

— Moi?

— Bien sûr. L'ignoriez-vous?

— Eclairez-moi, pria t-il.

— Selon ce que j'ai appris à votre sujet, vous venez d'un milieu très modeste et sur scène, vous vous présentez d'ailleurs sans façon, avec un langage des plus simple. De ce fait, votre attitude très sophistiquée avec moi, me surprend.

28

Un sourire amusé erra sur les lèvres de Jess.

— J'ai parcouru un certain chemin depuis mon enfance, expliqua-t-il. La vie a été un professeur remarquable pour moi. J'étais ouvert, curieux, j'ai beaucoup appris. Je suis sans doute complexe, aussi vrai quand je me produis sur la scène que dans ma vie privée, et pourtant différent. Mais qui peut prétendre ne posséder qu'un seul visage ? Nous nous adaptons à chaque situation. Tenez, vous par exemple, vous êtes arrivée ici dans le rôle strict et sévère d'une femme d'affaires. En d'autres circonstances, j'en suis certain, cette façade de glace peut fondre, se transformer en lave brûlante, votre voix sévère peut devenir toute douce, votre raideur calculée peut se muer en un tendre abandon.

Une vive rougeur monta aux joues d'Andrea.

— Vos propos me déplaisent au plus haut point, monsieur Clark. Je ne suis pas l'une de vos... admiratrices éblouies ! Vous êtes... insupportable !

Son cœur battait à tout rompre. Pourquoi ? Etait-elle soudainement furieuse ou profondément bouleversée ?

Il inclina la tête

— Dans ce cas, je vous adresse mes excuses, Andrea. Je ne voulais pas vous offenser.

Son regard démentait ses paroles. Un feu indomptable brûlait dans ses yeux. Andrea ne voyait aucun moyen de lui échapper, ni d'échapper à elle-même. Malgré ses efforts, la violente attraction qui existait entre eux se glissait sans cesse au premier plan de leur conversation.

— Je suis sincèrement désolé, ajouta Jess.

Cette fois, il lui parut un peu plus sincère. De toute façon, elle était obligée de le croire, ses sentiments personnels passaient après l'intérêt des guitares Castille. Elle haussa les épaules, chassant sa rancune par ce geste.

— J'aurais dû vous expliquer pourquoi nous ne pouvons pas signer le contrat tout de suite. Je pensais que vous n'étiez pas pressée, que vous étiez disposée à visiter Nashville. Mon imprésario n'est pas là, il a dû s'envoler pour Los Angeles à cause d'un imprévu. Il semblerait que l'un de nos hommes de confiance ait commis là-bas des indélicatesses en puisant de l'argent dans la caisse des Disques Clark.

— Avez-vous votre propre société ? s'enquit Andrea.

Jess acquiesça d'un signe.

— Je vous plains, quel problème terrible ! ironisa- t-elle.

— Je n'en mourrai pas, l'aspect financier n'est pas très grave, mais il y a ma déception. J'aimais bien cet homme. Je lui faisais confiance. Ce genre d'événement m'amène à m'interroger sur la valeur de mon jugement.

Andrea considéra son verre. Au lieu de le vider, elle promena dessus ses longs doigts aux ongles vernis.

— Je ne comprends pas pourquoi la présence de votre imprésario est nécessaire. Nous n'avons besoin que de votre signature. Le contrat a déjà été accepté. Pourquoi ce retard inutile ?

— Ce n'est pas si simple, dit Jess avec une expression songeuse.

Andrea fronça les sourcils.

— Que voulez-vous dire?

— J'ai un peu étudié la question lors du dernier entretien téléphonique de mon imprésario avec votre grand-père. Je ne suis pas entièrement satisfait de la proposition.

A ces mots, Andrea se sentit faiblir. Tous les efforts des Castille, tous leurs espoirs allaient-ils être réduits à néant? Jess Clark comptait-il se dérober juste avant la signature?

— Sous entendez-vous, questionna-t-elle en s'efforçant de conserver un ton posé, que vous m'avez laissée venir jusqu'à Nashville alors que vous aviez changé d'avis?

— Je n'ai rien dit de tel.

— Ce n'est pas mon avis! s'exclama Andrea sans réussir à réprimer plus longtemps sa colère. Vous n'êtes plus satisfait de notre proposition, comment pourrais-je interpréter autrement vos propos?

— Mon imprésario n'a pas jugé bon de me tenir au courant de tous les détails. Quand j'ai appris que votre grand-père devait venir à Nashville, je me suis penché sur la question. Mon opinion personnelle, est un peu différente, mais cela ne doit pas vous inquiéter. Nous arriverons à une solution qui conviendra à tout le monde, j'en suis certain.

Andrea se donnait une peine considérable pour contrôler ses émotions.

— Si vous m'expliquiez ce qui ne va pas?

— Attendons donc le retour de Randy Davis, mon imprésario. Nous discuterons.

— Je crois que vous me devez des explications tout de suite, insista Andrea.

Jess haussa les épaules.

— Honnêtement, les points à étudier relèvent plutôt de nos hommes d'affaires respectifs.

Andrea dominait de moins en moins son énervement.

— Insinuez-vous que je devrais, moi qui suis une femme, m'occuper de choses moins importantes ?

— Ne vous fâchez pas ! s'écria Jess en levant les deux mains comme pour se défendre.

— Monsieur Clark, je suis ici pour représenter mon grand-père, il m'a délégué ses pouvoirs. Je suis parfaitement capable de négocier.

Hochant la tête pour montrer qu'il acceptait sa défaite, Jess expliqua :

— J'espérais que nous passerions tranquillement cette journée, mais puisque vous insistez, je vais vous exposer mon point de vue. Il ne s'agit pas de l'argent que vous me proposez. Vous vous êtes montrés très généreux, j'en suis sûr. Voici le problème : je répugne à être simplement payé pour dire quelques phrases à la télévision, quelques phrases préparées par une agence de publicité. Si je dois promouvoir les guitares Castille, je souhaite être pleinement impliqué dans l'affaire.

Ouvrant de grands yeux, Andrea avoua :

— Je... je ne comprends pas.

— C'est très simple. Je ne veux plus entendre parler d'argent. Je propose plutôt de prendre des actions dans la société Castille.

Comme si la foudre l'avait frappée, Andrea resta un instant muette.

— ... Vous n'êtes pas sérieux ! finit-elle par lancer dans un souffle.

— Mais si, pourquoi? répliqua-t-il avec un sou-rire désarmant. Mon projet est très sensé, réflé-chissez. Et il est tout à l'avantage de votre grand-père. Je peux lui promouvoir ses guitares sans lui coûter un sou.

— Mais vous deviendrez l'un des propriétaires de la société!

— Nous en serons tous propriétaires. Il se trouve que j'ai beaucoup d'admiration pour l'ins-trument que vous fabriquez. Je ne connais pas de meilleures guitares que les vôtres. Je souhaite que votre entreprise survive. J'aimerais être avec vous ; ainsi nous nous noierons ou nous surnagerons en-semble. Et nous surnagerons, je vous le promets, parce que je ferai le maximum dans ce but.

Il fallut quelques secondes à Andrea pour se ressaisir. Lorsqu'elle retrouva sa voix, elle déclara sèchement :

— Monsieur Clark, les guitares Castille sont l'affaire de ma famille depuis des générations. Nous ne cherchons pas de partenaires.

— Etant au bord de la faillite, vous devriez reconsidérer la question.

Des larmes de rage brouillèrent la vue d'Andrea.

— Vous essayez de profiter de la situation pour vous emparer de notre société! Vous êtes mépri-sable!

Il poussa un soupir.

— Il est impossible de parler affaires avec une femme. Elle devient si vite la proie de ses émotions que...

— Je ne suis pas la proie de mes émotions!

protesta Andrea. Faites une proposition de ce genre à mon grand-père et il vous tordra le coup!

Un sourire éclaira le visage de Jess.

— Dans ce cas, je préfère encore discuter avec vous. Je tiens beaucoup à mes cordes vocales!

Après cette plaisanterie, il se pencha vers Andrea et ajouta, plus sérieux:

— Ecoutez, je n'essaie pas de profiter de vos problèmes financiers, je ne songe pas à m'emparer des guitares Castille, je ne songe même pas à prendre la moitié des actions. J'ai tout simplement l'impression que, pour vous aider vraiment, je dois être personnellement impliqué. Si vous perdez, je perds avec vous. Mais si mes efforts pour faire vendre les guitares Castille sont couronnés de succès, n'est-il pas normal que j'aie ma part du bénéfice?

— S'il s'agissait d'un produit banal, peut-être. Mais il est question de guitares qui représentent... une tradition, un symbole. Pendant des générations, ces instruments ont été utilisés par de grands musiciens classiques...

— ... et il vous répugne de les voir entre les mains d'un vulgaire chanteur folk, n'est-ce pas?

— Jess... je n'ai rien dit de tel, balbutia Andrea.

— Non, mais vous le pensez. L'aristocrate en vous est sûrement furieuse de devoir demander à un pauvre fils de mineur de faire de la publicité pour ses guitares.

Ces propos incitèrent Andrea à réfléchir. Jess Clark était-il poussé par son orgueil? Voulait-il acquérir ses lettres de noblesse en s'associant à une vieille famille prestigieuse comme les Castille?

34

Andrea s'égarait peut-être. L'appât du gain constituait probablement sa seule motivation.

— Je suis obligée de vous dire non, annonça-t-elle.

— Ce genre de décision ne se prend pas à la légère. Je vous suggère de la laisser mûrir. Etudiez-la avec votre grand-père et en attendant, je vous propose une trêve. Oublions les affaires et offrons-nous un moment de détente pendant que je vous montre Nashville.

Avait-elle le choix? Comme s'il lisait dans ses pensées, il ajouta:

— Puisque mon imprésario ne sera de retour que dans quelques jours, partez donc à la découverte de Nashville, l'une des plus pittoresques cités d'Amérique. Etes-vous prête pour le grand tour?

Andrea fulminait. Elle aurait dû négocier avec un musicien dans la tradition classique d'Andrés Segovia et non pas avec un chanteur populaire. Toute sa colère se réveilla et se concentra sur l'homme assis en face d'elle.

L'instant d'après, revenant à la raison, elle se résigna à passer outre son humiliation pour assurer la survie des Guitares Castille.

Les intentions de Jess Clark posaient hélas un problème insoluble. Connaissant la nature obstinée de son grand-père, elle savait qu'il préfèrerait encore perdre son affaire plutôt que de se lier à un étranger. Il n'existait qu'une possibilité: dissuader Jess Clark de s'obstiner sur son projet. Andrea en avait-elle les moyens?

Elle poussa un profond soupir et, au prix d'un effort surhumain, demanda :

— Si j'étais une touriste venant d'arriver, par où me conseilleriez-vous de commencer ma visite de la ville ?

3.

— Avec votre emploi du temps tellement chargé, je ne comprends pas comment vous pouvez songer à faire du tourisme, déclara Andrea.

— Je paye des gens pour organiser mon emploi du temps, alors ne vous en souciez pas, répliqua Jess. Par ailleurs, je me réjouis de regarder Nashville d'un œil neuf grâce à votre compagnie. Puis-je donc définir notre itinéraire ?

— Je vous en prie, vous êtes le guide, confirma Andrea.

Elle se leva et lança :

— Eh bien, nous mettons-nous en route ?

— Je suis prêt, répondit Jess, mais peut-être aimeriez-vous vous changer ou vous rafraîchir ?

— Non, à moins que ma tenue ne soit pas adaptée ? J'ai choisi des vêtements confortables pour voyager.

— Vous êtes parfaite, affirma Jess, son regard attentif ne s'appesantissant pas seulement sur la robe d'Andrea, mais aussi sur la délicieuse silhouette qu'elle mettait en valeur.

A nouveau, la jeune femme se sentit troublée d'une façon contrariante.

— Nous allons commencer par la Tour. Du sommet, nous verrons tout Nashville : le fleuve, les champs et les forêts. Laissons l'auditorium et le musée de la musique pour demain. Après la Tour, je pense que vous apprécierez de visiter une magnifique propriété de planteurs dans la tradition du Sud.

Andrea ne parvint pas à échapper à la main qui s'empara de son bras. Comme elle s'y attendait, Jess possédait, une voiture de sport voyante. Il lui ouvrit la portière et s'inclina galamment. Tandis qu'il l'aidait à s'asseoir, ses doigts frôlèrent fugitivement son buste, provoquant un bref étourdissement. S'agissait-il d'un hasard ? Déroutée, Andrea s'installa. Le regard de Jess l'enveloppa une fois de plus, l'observant pendant qu'elle lissait sa jupe sur ses jambes fuselées.

— Etes-vous bien ? s'enquit-il.

Non, Andrea ne se sentait pas bien, pas bien du tout sous le regard brûlant, tandis qu'elle frémissait encore au contact de la main de Jess. Toutefois elle parvint à affirmer sur un ton très posé :

— Oui, très bien.

Lorsqu'ils rentrèrent à l'hôtel, des heures plus tard, le ciel du soir était lilas à l'est et flamboyant à l'ouest. Ils s'arrêtèrent dans le hall.

— Merci pour ce merveilleux après-midi, Jess, déclara Andrea.

Aussitôt, elle s'étonna d'avoir prononcé ces mots, mais elle venait en effet de passer un moment digne de rester gravé dans sa mémoire.

Jess s'était comporté d'une manière parfaite. Ses commentaires intéressants, souvent spirituels, lui avaient rendu la ville attrayante. De temps à autre, il avait tenté d'orienter la conversation sur des sujets plus personnels, lui demandant par exemple des indications sur son enfance ou sur son rôle dans l'entreprise de son grand-père. Il lui avait accordé une attention de chaque seconde, extrêmement flatteuse.

D'un autre côté, il continuait à lui inspirer des craintes par ses regards de braise qui suscitaient en elle les réactions les plus folles, ses regards qui lui laissaient l'impression d'être soudain nue et projetaient sa pensée dans des domaines interdits.

Elle se souvenait avec une émotion particulière de leur visite à la plantation Belle Rive. Un immense lit à baldaquin occupait le centre de la chambre des maîtres, évoquant une nuit parfumée et un couple étendu sur des draps de soie au clair de lune.

Andrea s'était dépêchée de quitter la pièce, choquée par les images qui l'assaillaient. Mais avant de s'enfuir, elle avait croisé le regard troublant de Jess, elle avait contemplé son visage aux traits énergiques, ses larges épaules, ses bras musclés et, l'espace d'un instant d'égarement ,elle l'avait vu sur le lit... avec elle.

Il l'avait rattrapée dans le couloir, la mine amusée.

— Quel lit! s'était-il exclamé. On comprend qu'ils aient eu beaucoup d'enfants!

Les joues en feu, Andrea avait fait semblant de se plonger dans l'examen d'un portrait du premier propriétaire de Belle Rive.

La plantation représentait la meilleure étape de leur promenade. Debout en face d'elle dans le hall scintillant de l'hôtel, Jess se rappelait lui aussi cet endroit magique.

— J'ai ébauché le début d'une mélodie dans la plantation, annonça-t-il.

Il fixait intensément Andrea.

— Quand vous avez évoqué les gens qui y ont vécu, les couples qui y ont ri, s'y sont aimés, vous m'avez inspiré le thème de la chanson.

— Vous voulez dire, s'étonna-t-elle, que durant ces dernières heures, vous avez composé l'une de vos fabuleuses chansons?

De la main, il esquissa un mouvement d'excuse.

— Pardon, je ne peux pas m'en empêcher. Le processus se met en route tout seul. Il est incontrôlable et d'ailleurs pénible parfois, quand je suis réveillé au milieu de la nuit, par exemple, et obligé de me lever pour capter des notes et des paroles. Mais je tiens à préciser une chose: être avec vous a été la chanson de ce jour.

A nouveau, elle se sentit soumise à ces yeux qui l'interrogeaient, qui la sondaient, qui la relançaient jusque dans les parties les plus secrètes de son âme. Elle essuya nerveusement ses paumes moites sur sa jupe, puis tendit la main dans un geste qu'elle espérait naturel et amical.

— Si vous avez eu l'occasion de créer aujourd'hui, j'en suis ravie. Après tout, c'est votre métier. Maintenant, je vous remercie. Nous nous verrons demain, je suppose?

— Demain? répéta Jess, fronçant les sourcils sous l'effet d'une surprise qui paraissait authentique. Et ce soir?

— Ce soir? répéta-t-elle à son tour, décontenancée.

— Il y a un réception.

Elle secoua la tête.

— Je ne comprends pas.

— Votre grand-père était pourtant averti. Nous avions décidé d'organiser un barbecue dans le style de Nashville, en son honneur. Dans la mesure où vous le remplacez, j'ai bien sûr pensé...

— Il ne m'a rien dit, déclara Andrea, profondément embarrassée. Je... J'imagine que dans la précipitation du départ, il a oublié. Il est tellement surmené ces temps-ci.

— Ce n'est pas grave. Maintenant vous savez... et vous viendrez, n'est-ce pas? Les autres invités sont prévenus, les préparatifs en bonne voie, mais vous avez largement le temps, rien ne presse.

— Eh bien, étant donné les circonstances, je vais venir. Où a lieu cette réception?

— Chez les Kendall, des membres de mon groupe: Boris et Marilee. Boris est un percussionniste extraordinaire et sa femmme, Marilee, joue du violon comme une fée. Ils habitent une maison charmante au bord du fleuve. Je repasse vous chercher dans une heure, d'accord?

— D'accord, je monte me changer.

Une fois dans sa chambre, Andrea s'installa sans perdre une minute devant le téléphone et appela son grand-père. Elle commença par le questionner sur sa santé.

— Je suis dans le même état que ce matin, lorsque tu es partie, répondit-il avec une pointe d'impatience.

Cette affirmation l'inquiéta au lieu de la rassurer. Elle l'avait quitté très faible et très fatigué.

— Grand-Père, si tu n'es pas bien...

Il l'interrompit sur un ton gentiment irrité :

— Si je t'avais engagée comme infirmière, je t'aurais renvoyée depuis longtemps, Andrea ! Ne te tourmente donc pas tant, dis-moi plutôt où tu en es.

Elle sourit, soulagée de constater que la vivacité de son tempérament latin prenait toujours le dessus.

— Tu as rencontré Jess Clark, je suppose ?

— Oui, répliqua-t-elle.

— A-t-il signé ?

A cette question, tout l'agrément des heures passées en la compagnie du chanteur s'estompa. Andrea avait vécu une sorte de rêve et oublié la réalité, qui resurgissait brutalement devant elle. Les exigences inacceptables de Jess Clark compromettaient toute l'affaire. Comment avait-elle pu goûter un moment de détente en sa compagnie, alors qu'il constituait une grave menace pour elle-même et pour sa famille ?

Elle frissonna à la simple idée d'informer son grand-père de son désir subit de devenir actionnaire des guitares Castille. Elle jugeait impossible de lui en parler par téléphone, il risquait une crise cardiaque. Elle devait gagner du temps et tenter de convaincre le chanteur de renoncer à son projet.

Désolée de devoir décevoir son cher grand-père, elle balbutia :

— Il... n'a pas signé, pas encore.

— Quand s'y décidera-t-il ? interrogea Manolo Castille avec une exclamation mécontente.

— Son... son imprésario est en voyage, annonça-t-elle misérablement.

— Et alors ? C'est la signature de Jess Clark qu'il nous faut, pas celle de son imprésario !

— Je le sais, mais il refuse de traiter en son absence.

— Et quand ce monsieur daignera-t-il se montrer ?

— Je ne peux pas te le dire exactement. Il est à Los Angeles.

Andrea imaginait la main du vieil homme se crispant sur le téléphone.

— Crois-tu qu'il se moque de nous ?

Elle se mordilla les lèvres, elle n'avait jamais menti à son grand-père.

— Non, je ne le pense pas.

— Il nous a fait suffisamment attendre à présent ! Nous ne pouvons pas lui offrir davantage, qu'il le comprenne !

— Il ne signera rien sans son imprésario, répéta Andrea, à court d'inspiration.

— Tu me parais bizarre, jugea Manolo après un petit silence. Me caches-tu quelque chose ?

— Voyons ! Je suis peut-être un peu fatiguée. Je déteste l'avion, tu le sais bien.

Heureusement pour elle, son explication sembla le convaincre.

— Eh bien, déclara-t-il avec résignation, nous n'avons pas le choix, il nous faut patienter jusqu'au bon plaisir de ce charmeur des foules. Gardons l'espoir.

— Bien sûr, Grand-Père.

— Encore une chose, Andrea. Essaye de t'amuser un peu, de te distraire de cette mission fastidieuse. Va au concert, dîne au restaurant. Nashville a la réputation d'un endroit très intéressant.

Un petit sourire éclaira le visage d'Andrea.

— Oui, Grand-Père. Je reviens déjà d'une belle sortie. A propos, étais-tu invité ce soir ?

— Ah oui ! s'écria Manolo. J'ai complètement oublié de t'avertir. Je savais bien que je ne t'avais pas tout dit. Cette histoire de barbecue m'avait échappé. C'est sans doute dans les usages là-bas.

Ces paroles inspirèrent un vif soulagement à Andrea. Jess n'avait donc pas inventé cette réception de toutes pièces pour s'assurer sa compagnie.

— Si tout était prévu, je dois logiquement y aller à ta place.

— Oui, si tu n'y vois pas d'inconvénient, confirma Manolo. Tu t'amuseras sans doute plus que moi. Oublie tes soucis. Raymond Ayers s'occupe de tout ici.

Andrea évoqua un instant cet homme qui travaillait avec conscience et efficacité, mais qui ne pouvait pas pour autant accomplir de miracle.

44

— D'ailleurs, il m'a chargé de te saluer, ajouta Manolo.

Andrea se représenta le directeur commercial à son bureau, les artisans à leurs tables de fabrication, son grand-père dans son fauteuil en cuir et elle éprouva une violente nostalgie.

— Salue-le aussi de ma part, déclara-t-elle.

— Je n'y manquerai pas, Andrea. Il te tient en haute estime, tu sais. A ton retour avec le contrat, nous organiserons une grande fête. Mais pour aujourd'hui, amuse-toi bien !

— Et toi, sois sage, répliqua Andrea, ne rentre pas trop tard, repose-toi.

— C'est promis, répondit le vieil homme avec un petit rire attendri. Au revoir, Andrea.

Il hésita, puis déclara encore tout doucement :
— Je t'adore, ma petite-fille.

Elle raccrocha lentement, en proie à une étrange prémonition. Les dernières paroles de son grand-père résonnaient encore dans son esprit. Il s'était exprimé comme s'il ne devait plus demeurer très longtemps auprès d'elle pour lui dire son amour.

Elle s'efforça de chasser cette idée. La perspective d'une soirée avec Jess Clark lui causait à elle seule suffisamment de souci. Plus elle y réfléchissait, plus il lui semblait qu'elle allait au moins autant vers des problèmes de cœur que vers des problèmes d'affaires.

4.

Sous la douche, Andrea se relaxa. Le jet chaud excerçait un massage sensuel sur tout son corps.

Au bout de quelques minutes, elle opta pour l'eau froide et se sentit complètement revigorée. Elle sortit de la baignoire, enfilant un peignoir moelleux en éponge, et noua une serviette en turban autour de sa tête. La journée qu'elle venait de vivre défila devant elle. Il lui semblait avoir quitté Tampa depuis des éternités, abondonnant le Golfe ensoleillé pour les immensités azurées du ciel.

Elle pensait sans cesse à Jess Clark. Il lui semblait débordant d'énergie, d'une humeur inaltérable, solide comme le roc, bien dans son corps et en paix avec lui-même. Il était taillé pour mener sa vie éprouvante, pour donner un concert devant des milliers de fans, et parfois deux par jour dans des villes comme Vegas ou Tahoe, pour assister à une conférence de presse à New York le matin suivant et faire un enregistrement à Nashville dans l'après-midi.

Assise devant sa coiffeuse, brossant doucement ses longs cheveux noirs, Andrea sombra dans ses rêveries.

Elle n'avait jamais rencontré un homme comme Jess Clark, il sortait de l'ordinaire. Elle était arrivée, n'ayant de lui que l'image d'une vedette au charme et au rayonnement irrésistibles. Au cours de l'après-midi, elle avait eu l'occasion de découvrir un peu sa personnalité. Elle demeurait toujours sur ses gardes, en admettant toutefois qu'il possédait de réelles qualités.

Il alliait la gaieté de l'enfant au sérieux d'un être mûr et expérimenté. Il se montrait aimable et plaisant. Il paraissait en fin de compte tout à fait digne d'estime, alors pourquoi abusait-il de son pouvoir de séduction? Andrea lui trouvait une certaine noblesse de caractère, aussi ne s'expliquait-elle pas son attitude de félin à l'affût de proies féminines.

Elle commençait à l'apprécier et y voyait un problème. Elle se sentait en sécurité auprès de lui à la seule condition de le traiter en ennemi.

Un coup d'œil à sa montre la tira brutalement de ses réflexions. Elle termina vite de se coiffer, retenant ses cheveux sur le côté dans une grande barrette dorée. Ils tombaient en cascade sur son épaule et lui apportaient une touche stylisée très différente de la banale queue de cheval de l'après-midi. Elle enfila un pantalon bleu marine très élégant et un corsage rehaussé de broderies.

Elle se plaça ensuite devant la glace de la penderie et s'examina. Son image la rassura, elle aurait pu tenter un photographe de mode. Se considérant d'un œil critique, elle se jugea à la fois naturelle et raffinée. Sa coiffure complétait à merveille sa tenue.

Elle attribuait une importance toute particulière à son aspect, ce soir-là. Jess Clark occupait toujours l'arrière-plan de ses pensées.

Soudain, elle s'estima cependant ridicule. Elle agissait comme une collégienne attendant son amoureux alors qu'elle était simplement invitée à une barbecue, où elle remplaçait son grand-père.

S'obligeant à rester réaliste, elle se calma. Elle profita de ce nouvel état d'esprit pour analyser la situation avec détachement. Jess Clark lui plaisait, elle devait l'admettre. Sa présence avait accentué d'une manière notable l'agrément de la promenade dans Nashville. Elle avait passé un bon moment, mais cela ne signifiait pas qu'elle était tombée sous son charme et qu'il lui fallait un excorciste pour s'en délivrer !

Le téléphone sonna tout à coup. Jess l'appelait du hall, lui demandant s'il pouvait monter la chercher. Elle regarda autour d'elle et, pour préserver l'intimité de sa chambre, choisit de le rejoindre en bas à la sortie de l'ascenseur. Elle se hâta de raccrocher pour ne pas prendre de risques.

Elle apparut dans le hall, arborant un sourire neutre, aimable et dégagé. Il l'accueillit avec son regard pénétrant et une expression de surprise et d'appréciation qu'elle trouva plutôt agréable.

— Quelle transformation! lança-t-il. Votre beauté m'a frappé dès l'instant où nous nous sommes rencontrés, mais vous étiez dans votre rôle et votre tenue de femme d'affaires. Vous êtes à présent éblouissante, une actrice de cinéma. Ce doit être la coiffure...

Il ne termina pas sa phrase. Une fois encore, il semblait oublieux de tout ce qui l'entourait pour se concentrer uniquement sur elle.

Confuse, elle rougit.

— Je vous en prie, Jess, tout le monde nous regarde.

Un sourire amusé étira ses lèvres.

— Les hommes me jalousent, murmura-t-il.

— Les femmes aimeraient être à ma place, répliqua Andrea, ne voyant pas de mal à lui retourner ce compliment innocent.

En effet, même s'il n'avait pas été une célébrité, Jess aurait attiré l'attention des passantes dans le hall de l'hôtel, avec sa haute taille soulignée par un superbe complet gris. Le hâle de son visage ressortait sur la blancheur de sa chemise, il possédait une allure incomparable.

Avec une galanterie parfaite, il entraîna Andrea hors de l'hôtel climatisé. A ses côtés, dans la chaleur humide des nuits du Sud, elle le contempla malgré elle. Son comportement revalorisait la femme qu'il honorait de sa compagnie.

Un chasseur attendait près du coupé, sur le parking. Le véhicule coûtait sans aucun doute une fortune. Dès qu'il vit Jess et Andrea, l'homme s'empressa d'ouvrir la portière et invita Andrea à s'installer sur la banquette en cuir.

Après avoir donné un pourboire à l'employé, Jess démarra aussitôt.

La jeune femme éprouvait un bien-être croissant. Avec un soupir de satisfaction, elle se laissa aller contre l'appui-tête et étudia le profil énergique et séduisant de son chauffeur. Elle examina aussi ses mains, larges et fortes sur le volant, ses mouvements de félin souples et déterminés. Mais soudain, gênée de le détailler aussi intensément, elle se réfugia dans un conversation anodine :

— J'ai beaucoup apprécié notre visite de Nashville, c'est un endroit fascinant, vous avez raison.

— Oh, ce n'était qu'un premier contact ! Demain, nous pourrons approfondir. Je vous emmènerai au musée de la musique, au parc d'attractions, à l'auditorium, au centre d'art moderne, nous pourrons aussi faire une promenade sur le fleuve. Le soir, je vous montrerai les meilleurs clubs.

— Grands dieux ! s'exclama Andrea. Je suis déjà fatiguée à l'avance ! Tout ce programme ne tient sûrement pas en une journée.

Jess la gratifia de l'un de ses sourires malicieux.

— C'est vrai, accorda-t-il. Il en faudra probablement deux ou trois. Je ne suis pas pressé et vous ?

Elle se sentit prête à un aveu dangereux. En effet, la perspective de passer quelques jours avec lui ne lui déplaisait pas du tout... mais elle jugea plus sage de changer de sujet :

— Parlez-moi des gens qui organisent la soirée, les Kendall.

— Boris est originaire de la Caroline du Nord. Il

n'avait pas dix ans quand son père lui a offert son premier tambour. Sa vocation s'est dessinée très vite. Il est à mon avis l'un des meilleurs percussionnistes à l'heure actuelle.

— Et Marilee, son épouse, joue-t-elle aussi dans votre groupe?

— Oui, elle tire de son violon des sons extraordinaires. Boris et elle forment le couple le plus étonnant que j'aie jamais rencontré. Marilee vient d'une vieille famille bostonienne très conventionnelle. Son niveau social n'a aucun rapport avec celui de Boris.

— Par quel miracle sont-ils ensemble? s'enquit Andrea.

— Très jeune, Marilee s'est prise de passion pour la musique folk. Devenue étudiante, elle a passé ses étés sur les routes pour connaître tout ce qui existait dans le domaine. Un beau jour, elle a rencontré Boris et depuis, ils ne se sont plus jamais quittés. Ils sont aussi unis que les doigts de la main. Si je voulais renvoyer l'un de mon groupe, l'autre partirait certainement aussi. Remarquez, je n'en ai nullement l'intention.

Ils étaient en train de quitter la ville. Des espaces de prairies et de forêts séparaient les maisons.

— Qui d'autre joue encore dans votre groupe? questionna Andrea.

— Notre cadet s'appelle John Kelly. Il a dix-neuf ans et excelle à la guitare électrique. Ses parents voulaient l'envoyer à l'université, mais il ne vit que pour la musique. Il a l'oreille et le don de l'harmonie. Il a pris quelques leçons dans une école, mais après six mois, il dépassait déjà son professeur!

— Vous semblez être à la tête d'une formation talentueuse.

— Absolument, affirma Jess avec conviction. Et nous nous impliquons dans notre musique, ce qui n'est pas toujours facile. Vous pouvez réunir les meilleurs musiciens du monde, vous n'obtiendrez pas automatiquement une entente, une cohérence. Me suivez-vous? Mes musiciens me soutiennent d'une manière admirable. Je leur dois beaucoup.

La soudaine marque d'humilité de Jess étonna Andrea. En laissant son regard errer sur la campagne, elle réfléchit. Elle avait opposé la musique classique à la chanson folk, jugeant l'une noble et belle et l'autre médiocre et primaire. Jess Clark lui traçait cependant un portrait valorisant de son art et peut-être ne déshonorerait-il pas les guitares Castille comme elle l'avait cru.

Il se mit à parler de ses musiciens avec fierté:

— Ils sont les meilleurs, ils ne dépendent pas de moi pour gagner leur vie. Ils trouveraient dix autres contrats demain s'ils le voulaient.

Riant, il ajouta:

— Vous rendez-vous compte? A dix-neuf ans, John gagne déjà plus d'argent que son père. Outre ses cachets avec moi, il touche des droits d'auteur pour deux chansons.

Au fil de la discussion, Jess continuait à se dévoiler à Andrea. Plus elle apprenait à le connaître, plus elle se sentait attirée, fascinée, prête à en savoir plus.

Sans s'en rendre compte, elle s'étira langoureusement en cédant à une rêverie. Que se passe-
rait-il si Jess l'audacieux arrêtait soudain sa voiture,
se tournait vers elle, l'enlaçait de ses bras puissants,
étouffait ses protestations de ses lèvres sensuelles et
lui communiquait par des caresses de ses mains
brûlantes le feu qui était en lui?...

— Qu'avez-vous dit? demanda-t-il aussitôt.

Elle avait réagi aux égarements de son imagina-
tion par une exclamation involontaire. Elle se ressaisit vite.

— Rien. Je... J'admirais le paysage. Il est si
beau.

— Et il sera bientôt féerique. C'est la pleine lune
cette nuit.

Andrea soupira. Même la nature conspirait
contre elle.

Jess finit par s'engager dans une allée de graviers
qui serpentait entre les arbres. Au bout de quelques mètres, un large portail se dressa dans la
lumière des phares. Laissant tourner le moteur,
Jess descendit de voiture. Il sortit une carte magné-
tique de son portefeuille et l'inséra dans la fente
d'une sorte de boîte en métal; obéissant à l'ordre
électronique, les deux battants s'ouvrirent. Le
même dispositif allait assurer leur fermeture après
le passage du véhicule. Il était par ailleurs conçu
pour donner l'alarme en cas de problème.

Jess revint au volant. Se penchant pour saisir des
détails du paysage dans l'ombre croissante, Andrea
lança, tandis qu'ils avançaient à nouveau:

— Quelle grande propriété!

— En effet, Boris aime disposer d'espace.

Ils quittèrent la forêt pour traverser une vaste pelouse soigneusement tondue, puis montèrent vers des lumières qui parurent mystérieuses à Andrea jusqu'au moment où elle en découvrit l'origine.

Toute une zone avait été délimitée par des lampadaires qui créaient un jour artificiel. Ils éclairaient une maison basse, de style ranch, construite en bois. L'allée se divisait en deux avant d'atteindre ce bâtiment. Elle partait d'un côté vers un parking comportant déjà plusieurs voitures et, de l'autre, vers des dépendances : une grange, une écurie et une prairie clôturée pour des animaux. Andrea vit aussi une sorte de hangar qui semblait destiné à abriter un petit avion, peut-être un Cessna.

Dans la partie illuminée se tenait une personne près d'une grande piscine. Une autre s'affairait devant le barbecue et une troisième se mit à faire des signes à l'intention de Jess.

Il se gara. En quittant le véhicule, Andrea huma une odeur alléchante de viande grillée.

Une petite femme aux cheveux flamboyants et au visage parsemé de taches de rousseur s'approcha d'eux. Ses yeux bleus brillaient de gaieté et de gentillesse.

— Bonsoir, Andrea. Je suis Marilee. Jess nous a avertis que vous veniez à la place de votre grand-père. Nous regrettons qu'il ne soit pas ici ce soir avec nous, mais nous sommes aussi ravis de vous accueillir. Considérez-vous comme chez vous dans cette maison.

Andrea se prit immédiatement de sympathie pour son interlocutrice. Elle se révélait ouverte, chaleureuse, et savait parfaitement mettre les gens à l'aise. Si Marilee était issue du milieu conventionnel de Boston, elle avait apparemment adopté les manières spontanées et naturelles du monde de la musique auquel elle appartenait maintenant.

Celle-ci glissa son bras sous celui d'Andrea et l'entraîna près du barbecue. Se tournant vers Jess qui marchait à leur gauche, elle lança :

— Tu m'avais simplement dit qu'elle était belle. C'est insuffisant !

Jess éclata de rire à cette remarque.

— Je cherche de meilleurs qualificatifs depuis que je l'ai rencontrée !

Donnant une petite tape amicale à Andrea, Marilee déclara :

— J'espère que vous avez faim.

— J'ai déjà l'eau à la bouche, assura-t-elle.

Ils rejoignirent Peewee qui, sans lâcher son verre de bière, réussit à serrer affectueusement Andrea dans ses bras vigoureux. Il évoquait bien un ours… un ours profondément bienveillant.

— Andrea, ce chanteur de Jess vous a-t-il fait passer un bon après-midi ? s'enquit-il sur un ton taquin.

— Excellent, affirma-t-elle sincèrement.

La bonne humeur qui régnait autour d'elle la gagna. De toute évidence, Jess avait su s'entourer de gens de grande valeur dans un milieu où les arrogants, les vaniteux et les égocentriques faisaient nombre. Il avait réussi à constituer un groupe de très haute qualité, non seulement sur le plan professionnel, mais aussi sur le plan humain.

— Andrea, bonsoir !

La jeune femme se retourna. L'homme qui travaillait devant le barbecue vint vers elle, un tablier blanc noué autour de la taille et un chapeau de chef sur la tête. Très grand et maigre, il se mouvait d'une manière un peu saccadée et maladroite. Souriant à Andrea, il se présenta :

— Je suis Boris.

Tout le monde se dirigea ensuite vers le bord de la piscine. Une table y était dressée, recouverte d'une nappe blanche. Des biscuits salés et des crudités y étaient disposés. Des cygnes de glace flottaient dans une énorme coupe à punch contenant un liquide d'un joli rouge.

— Un cocktail avant le dîner ? suggéra Jess.

— Le punch me paraît tentant, répondit Andrea.

— C'est la recette de Boris, lui expliqua le chanteur.

— Très facile à faire, glissa Boris sur un ton enjoué. Vous prenez du jus de canneberge, du citron et l'un de nos bons alcools du Sud.

— Beaucoup d'alcool ! précisa Jess en riant.

Il emplit une coupe de cristal, la tendit à Andrea puis se servit lui-même. Andrea goûta et trouva le breuvage délicieux... mais fort !

— Bonsoir !

Elle se retourna au son de cette nouvelle voix. Un jeune homme souriant arrivait, en jean et T-shirt noir. Il s'agissait sans doute de John Kelly, le cadet du groupe. Aussi grand que Jess, il émanait de lui cette puissance, cette élégance innée présageant qu'il deviendrait bientôt un personnage d'envergure.

— Bonsoir, je suis Andrea. Vous êtes John, n'est-ce pas ?

Il acquiesça et lui serra la main :

— Enchanté de vous rencontrer.

Puis, se tournant vers Boris, il s'écria avec un clin d'œil humoristique :

— Qu'attends-tu pour servir ? Ne vois-tu pas que cette dame meurt de faim ?

— Il parle pour lui-même ! s'exclama Marilee en riant. John est capable de dévaliser un traiteur et d'aller ensuite piller une confiserie pour prendre son dessert !

— Je dois encore grandir ! plaisanta-t-il en s'emparant d'une pleine poignée de biscuits d'apéritif qui disparurent instantanément dans sa bouche gourmande.

— Nous pouvons manger ! annonça Boris sur ces entrefaites.

Chaque personne se saisit d'une assiette sans se faire prier et la garnit copieusement.

Dès la première bouchée, Andrea se régala. Dans cette atmosphère animée et sympathique, elle passa un moment fort agréable.

— Qui a envie de nager ? proposa John.

— Nous pouvons vous prêter un maillot, Andrea, ajouta Marilee.

— Plus tard peut-être, lui répondit son invitée. Pour le moment, je ne peux plus bouger tant j'ai mangé !

58

John se dirigea vers l'une des cabines qui se trouvaient sur le bord opposé de la piscine. Il pénétra dans la première pour se dévêtir.

Personne ne l'imita et Boris poursuivit tranquillement sa conversation avec Andrea. Elle se surprenait à lui raconter sa vie sans aucune réticence. Il s'entendait à la mettre totalement en confiance. Mais soudain, pendant qu'elle parlait, elle remarqua que Jess, assis non loin d'eux, l'écoutait sans perdre une syllabe et l'observait intensément.

La gêne la gagna aussitôt. Sa voix perdit de sa fermeté. Elle commença à s'embrouiller dans les détails d'une histoire pourtant anodine concernant la fabrique de son grand-père. Elle la terminait de son mieux quand une voix assez aiguë l'interrompit, attirant leur attention.

— Boris, tu es un traître, tu as organisé une fête en mon absence !

La voix appartenait à une créature très mince, très svelte et blonde, à l'allure enfantine. Elle entra tout à coup dans la zone éclairée comme sur la scène d'un théâtre. Andrea perçut une raideur subite dans les mouvements de Marilee qui se leva pour l'accueillir en la saluant sur un ton légèrement forcé :

— Bonsoir, Nori !

5.

Boris s'était levé aussi, abandonnant sa serviette sur la table.

Nori s'arrêta à quelques mètres et contempla le spectacle. Jambes écartées, les mains sur les hanches, elle exprimait la désapprobation et la colère de ne pas avoir été invitée.

John sortit de sa cabine en maillot de bain et se dirigea vers le côté le plus profond de la piscine.

— Salut, Nori ! lança-t-il en passant, sur un ton dégagé.

— C'est une réunion de famille ! déclara-t-elle. M'avez-vous réservé un verre ?

— Bien sûr, affirma Boris.

Elle sembla l'ignorer. Elle ne se préoccupait d'ailleurs de personne en dehors d'Andrea. Encore très jeune probablement, elle ne bénéficiait hélas pas de la fraîcheur de son âge et l'éclairage violent des lampadaires se révélait cruel à l'égard de sa mauvaise mine. Le regard qu'elle posa sur Andrea témoignait d'une certaine angoisse et d'une indéniable hostilité.

Pourquoi? se demanda Andrea. Elles ne se connaissaient pas.

— Nori, je te présente Andrea Castille, glissa Marilee. Andrea, voici Nori Lawrence.

— Ah oui, lança Nori, les guitares!

— Oui, confirma Andrea, embarrassée par l'attitude de cette fille qui, négligeant la main qu'elle lui tendait, préféra s'emparer d'un verre et d'une bouteille de whisky.

— Vous n'avez pas du tout l'air d'un vieux seigneur espagnol venu jusqu'ici acheter le nom de Jess pour ses instruments!

En parlant, Nori se versa sans sourciller une dose d'alcool plus que généreuse.

— Mon grand-père est souffrant, je le remplace, expliqua Andrea.

Elle s'efforçait de se montrer aimable en dépit de l'inimitié évidente de son interlocutrice.

— Vous ne regrettez certainement pas le dérangement, nota Nori sur un ton acerbe, tout en gratifiant Jess d'un sourire pincé.

Elle contourna la table et vint poser une main possessive sur son épaule.

— Demandez donc au Maître ici présent de vous promener à travers Nashville pendant votre séjour. Il en connaît chaque centimètre.

Nori leva son verre... et le vida presque d'un trait.

Seulement alors, Andrea se rendit compte qu'elle était ivre, complètement ivre. Son arrivée en voiture, saine et sauve chez les Kendall, tenait du miracle. Elle aurait pu se tuer sur la route ou causer la mort d'un autre automobiliste.

Au premier abord toutefois, son maintien faisait illusion, dissimulait son état. Avec un mélange de pitié et de dégoût, Andrea songea qu'elle était sans doute habituée à ce genre de situation.

Ce dernier verre acheva néanmoins de l'étourdir, elle avait dépassé ses limites. Jess saisit son poignet, si fin qu'il semblait prêt à se casser, et la rappela à l'ordre :

— N'as-tu pas assez bu, Nori ?

— Laisse-moi tranquille ! protesta-t-elle en essayant de se libérer. Tu ne manques pas d'audace ! C'est toi que j'attends depuis le début de la soirée !

— Allons, je crois que tu as besoin de dormir.

Jess lui prit doucement le verre des mains, le posa sur la table et, passant un bras autour de sa taille, l'entraîna vers la maison. Elle avança en trébuchant, la tête sur son épaule.

Andrea les suivit du regard, en proie aux émotions les plus confuses. Intérieurement, elle se sentait soudain glacée. Quel rôle Nori jouait-elle dans la vie de Jess ? Quel genre de relation entretenaient-ils ? La jeune fille se comportait comme si elle possédait des droits sur lui. De son côté, il la traitait avec des égards et une sollicitude qui ne relevaient pas de la simple amitié.

— Que voulait-elle dire par : « C'est toi que j'attends depuis le début de la soirée » ? demanda Andrea, obéissant à une impulsion.

Jess abandonnait-il son amie blonde pour

conquérir la nouvelle arrivée de Tampa? Dans ce cas, Andrea comprenait tout à fait le comportement de Nori...

— Ne vous occupez pas d'elle, lui conseilla cependant Boris en haussant les épaules. Elle voulait juste se rendre intéressante.

Sur ces mots, il se mit à débarrasser la table et Marilee entraîna Andrea un peu plus loin pour s'installer avec elle dans des chaises longues.

— N'avez vous jamais entendu parler de Nori Lawrence? l'interrogea-t-elle.

— Non, répondit Andrea.

— Je suppose que même parmi les amateurs de chansons folk, elle n'est plus très connue, murmura Marilee en regardant John s'ébattre dans l'eau. Quand elle a commencé à chanter, les disc-jockeys l'ont surnommée « Papillon Blanc ». Ce n'est pas si mal trouvé au fond. Sa gloire n'a duré qu'un jour. Elle n'a pas eu à se battre pour commencer sa carrière. Au début, les portes s'ouvraient d'elles-mêmes devant elle. Elle a enregistré deux disques sans problème et rencontré un succès considérable. Elle se croyait invincible. Elle vivait dans une maison pour millionnaire, roulait en Bentley et s'habillait à Paris. Il ne s'agissait hélas que d'un château de sable, qui s'est vite effondré. Tous les gens qu'elle croyait ses amis l'ont alors abandonnée sans scrupules pour partir profiter de la fortune d'une autre star. Le public l'a oubliée et elle n'avait pas un sou de côté, bien sûr.

Ce résumé d'une splendeur éphémère émut Andréa. Toutefois, malgré sa compassion, elle frissonna. Le monde des vedettes se montrait parfois généreux et parfois très cruel. Il ne restait plus rien à Nori, rien en dehors du soutien de quelques fidèles comme Boris, Marilee, Peewee, John... et Jess?

Andrea brisa le petit silence, tombé entre elle et sa compagne, en posant la question qui lui brûlait les lèvres.

— Jess et Nori sont-ils très liés?

Marilee haussa les épaules et détourna la tête.

— Ils se connaissent depuis longtemps.

Andrea se vit obligée de se contenter de cette réponse évasive. Par discrétion sans doute, Marilee se refusait à en dire davantage.

La soirée perdit beaucoup de son agrément pour Andrea. L'arrivée de Nori avait éveillé en elle un tourbillon d'émotions qu'elle préférait ne pas trop analyser.

Elle contempla la piscine qui l'invitait à se dépenser physiquement pour oublier ses idées perturbatrices et calmer son énervement.

— Ne m'avez-vous pas proposé d'emprunter un maillot de bain? s'enquit-elle.

— Absolument, affirma Marilee. Nous avons toujours des maillots neufs à la disposition de nos invités. Prenez donc celui qui vous convient et vous pourrez l'emporter. Vous trouverez tout ce dont vous aurez besoin dans les cabines.

Une telle hospitalité impressionna Andrea. Il fallait beaucoup d'argent pour traiter ses hôtes avec tant de largesse.

Quelques minutes plus tard, elle sortait de l'une

des cabines en bikini rouge, révélant ses longues jambes fuselées et les courbes charmantes de sa silhouette. Libérés de la barrette, ses cheveux tombaient dans son dos à la façon d'un long ruban sombre.

Jess demeurait invisible. Elle jeta un coup d'œil vers la maison, sans en retirer le moindre indice. Pourtant il s'y trouvait encore... avec Nori.

Se ressaisissant, elle marcha avec détermination jusqu'au bout du plongeoir d'où elle sauta avec élégance.

Lorsqu'elle émergea, John vint vers elle.

— Je vous propose une course ! lança-t-il.

— Entendu, répliqua-t-elle en lissant sa chevelure en arrière.

— Bien, mais vous ayant vue plonger, j'estime qu'il vous faut un handicap. Je prends une longueur d'avance, ce n'est que justice. Cinquante cents au gagnant pour deux allers-retours, d'accord ?

Elle éclata de rire.

— J'ai le sentiment que vous ne me faites pas des conditions très honnêtes, mais préparez-vous quand même à payer ! l'avertit-elle.

John nageait très bien, elle ne s'en étonna pas. Le battre ne constituait pas une mince affaire. Serrant les dents, Andrea accéléra bientôt sa cadence, sans rien perdre de la coordination de son crawl australien, souple et efficace.

Ils terminèrent ensemble, s'accrochant exactement au même instant à la bordure de carrelage bleu pâle, pour reprendre leur souffle.

— Nous devrons recommencer, avec un enjeu

supérieur, John, suggéra Andrea d'une voix un peu rauque et entrecoupée par sa respiration inégale.

— Marché conclu, accorda-t-il. Mais à présent, que diriez-vous d'un verre du punch de Boris pour nous récompenser de nos efforts?

— Non merci. Je désire me baigner encore un moment, répliqua-t-elle.

— Eh bien moi j'ai faim, l'exercice m'a rendu l'appétit ! annonça John..

Sur ces mots, il gagna l'échelle la plus proche et, sorti du bassin, s'éloigna en laissant des empreintes mouillées derrière lui.

Andrea se mit sur le dos et flotta pour se détendre, remuant imperceptiblement pour se maintenir à la surface.

Chez elle, elle se relaxait souvent ainsi, en s'allongeant sur les eaux bleues de la baie. Une fois, sentant tout à coup une ombre au-dessus d'elle, elle s'était redressée brutalement pour trouver à ses côtés une barque et, sur cette barque, un homme penché vers elle. « Je crois avoir découvert une sirène! » s'était-il exclamé.

Confuse, Andrea avait regagné le rivage au plus vite. Derrière elle, l'homme avait crié: « Merci, belle dame, d'avoir illumé ma journée! »

Elle revint soudainement dans le présent tandis que l'image de cet homme se fondait en une autre, qui occupait le plongeoir et la dévorait des yeux.

Cette image — Jess Clark — possédait de larges épaules, un torse musclé... Sa haute silhouette se tenait inclinée en avant, bien en équilibre sur des jambes puissantes.

Une chaleur traîtresse envahit Andrea, malgré la fraîcheur de l'eau. Jess ne disait rien. Il observait l'immobilité et le détachement d'une statue. Pendant qu'Andrea se prélassait avec insouciance, il était sorti de la maison, l'avait vue dans la piscine et s'était changé. Elle regarda autour d'elle avec une sorte de désespoir. John, Marilee, Peewee et Boris avaient disparu. Elle se trouvait totalement seule avec cet homme qui semblait envoûté par la vision qu'elle lui offrait.

Elle s'éloigna précipitamment du plongeoir, puis revint en quelques brasses. Malgré sa gorge serrée, elle parvint à crier :

— Comment va Nori ?

— Elle dort. Puis-je vous rejoindre ?

— Ce n'est pas mon domaine privé, répliqua-t-elle.

Il sauta, d'un mouvement de pure énergie, sans raffinement subtil.

Elle nageait paresseusement quand il remonta et il commença à la suivre. Elle se redressa alors, posant les pieds sur les dalles en mosaïque au fond du bassin. L'eau lui arrivait à la taille. Il vint à ses côtés ; ses cils, assombris par les gouttes d'eau qui s'y accrochaient, conféraient encore plus de mystère à ses yeux.

— Comme vous pouvez le constater, je suis tout juste bon à patauger dans une mare.

— Je vous crois capable de traverser des fleuves sans problème, estima-t-elle.

— Je vous ai observée tandis que vous faisiez la course avec John. Vous nagez très bien.

— Merci, murmura-t-elle en s'efforçant de ne pas trahir son trouble devant la façon dont il la contemplait... comme si elle ne portait pas de bikini.

Il lui semblait soudain que l'eau lui podiguait des caresses soyeuses.

— Et si vous m'appreniez à me perfectionner? suggéra-t-il.

— Je suis désolée, mais je ne suis pas qualifiée.

Il exécuta quelques mouvements, s'arrêta et revint vers elle.

Elle n'avait pas bougé. Il s'approchait. En proie à une panique grandissante, elle pensa: *il faut que je recule.* Mais une force plus forte que la raison la figeait sur place.

Son visage arrivait tout près du sien. Consternée, elle s'aperçut alors qu'il n'avait pas avancé. Il était resté parfaitement immobile au contraire, mais son magnétisme l'avait attirée, elle, contre sa volonté, jusqu'à lui.

Il ne la quitta pas des yeux pendant que ses mains glissaient avec une douceur tentatrice le long de ses bras nus, envoyant un frisson partout en elle. Quelques centimètres seulement les séparaient. Sa chaleur virile se communiqua à elle à travers l'eau. Elle se mit à respirer avec difficulté. Son regard noir s'insinuait au plus profond d'elle-même en une exploration invincible qui lui retirait toute force et lui donnait des jambes molles, tremblantes.

— Jess, souffla-t-elle, le suppliant presque, non...

Mais ses doigts atteignaient ses épaules et descendaient dans son dos, l'amenant vers lui, bannissant le peu d'espace entre eux. Leurs jambes se touchèrent et elle frémit.

Affolée, elle sut qu'il allait l'embrasser.

— Non, Jess, répéta-t-elle avec plus de détermination cette fois. C'est de la folie. Nous nous sommes rencontrés il y a quelques heures à peine...

Il acquiesça d'un signe de tête.

— Oui, je le sais. La vie est étrange parfois, n'est-ce pas? J'ai eu envie de vous embrasser dès la première minute, dans le hall de l'hôtel. Vous aussi, avouez-le.

— Non.

— Vous ne voulez pas l'admettre.

— Ne soyez pas ridicule! rétorqua-t-elle en relevant le menton en signe de défi. Je n'ai pas l'habitude de désirer embrasser des étrangers.

— Me considérez-vous comme un étranger?

— Oui. Vous l'étiez en tout cas à l'hôtel et je ne vous connais pas encore très bien.

— Avez-vous besoin de tout savoir sur quelqu'un avant d'éprouver de l'attirance? Un certain mystère n'ajoute-t-il pas à l'attrait?

— Il ajoute aussi à la folie! protesta-t-elle.

Elle essaya de se dégager, mais il passait lentement ses paumes sur son dos mouillé d'une manière langoureuse qui réduisit sa résistance à néant.

Ses lèvres entrouvertes révélaient l'éclat de ses dents blanches. Andrea crut défaillir.

— Vous savez d'ailleurs déjà beaucoup de choses sur moi, souligna-t-il. Vous avez certainement lu l'histoire de ma vie dans au moins une dizaine d'articles.

Il disait vrai. Andrea ignorait cependant le personnage qui se cachait derrière les faits étalés dans les journaux, la nature de sa relation avec Nori Lawrence, par exemple, le rôle qu'elle jouait dans sa vie.

D'innombrables questions se bousculaient dans son esprit. En cet instant toutefois, elles ne réussissaient pas à s'imposer. Elles s'envolaient aussitôt comme des feuilles mortes arrachées à un arbre par le vent. Sa raison refusait de fonctionner, le torrent des émotions et des sensations balayait tout sur son passage. Les mains de Jess descendirent vers sa taille et l'attirèrent plus près encore. Elle se sentait complètement nue, son corps moulé au sien, fondant dans la chaleur de ce contact.

Son instinct de conservation lança un faible appel, noyé dans le plaisir aigu du moment. *Sois maudit, Jess Clark, où as-tu appris à caresser un femme de cette manière?* se lamenta-t-elle intérieurement.

Il rendait hommage à chaque courbe, à chaque grain de peau ; son toucher se révélait exquis. Elle demeurait paralysée, comme une colombe capturée, victime d'un charme qu'elle ne savait pas rompre.

Sa bouche s'empara de la sienne et elle répondit avec un abandon et un désir qui l'ébranlèrent jusqu'au tréfonds de son être. Jamais un homme n'avait éveillé en elle une réaction aussi ardente et primitive ! Durant des instants de délire, elle oublia toute retenue. Rien ne comptait en dehors de ce baiser de feu.

Les bras de Jess étaient devenus anneau d'acier velouté autour d'elle et les siens trouvèrent aussi la force pour se nouer à son cou.

Le fond de la piscine se déroba sous leurs pieds. Ils glissèrent dans l'eau, étroitement enlacés. Un frisson de frayeur parcourut Andrea, mais il se transforma presque aussitôt en excitation supplémentaire.

Même la noyade ne lui faisait plus peur. Finalement pourtant, leurs poumons réclamant de l'air, ils revinrent à la surface.

La réalité se rappela alors cruellement à l'attention d'Andrea sous la forme d'une voix de femme :

— Jess !

Elle se dégagea et se retourna. Au bord de la piscine, les mains enfoncées dans les poches de sa veste, se tenait Nori, blême. Ses yeux brillaient d'une rage et d'une violence indescriptibles.

6.

De retour à son hôtel, Andrea lança son sac sur un fauteuil et se mit à faire les cent pas dans sa chambre, les bras croisés sur la poitrine. Elle se sentait épuisée, au physique comme au moral. Cette journée ne l'avait pas épargnée.

S'arrêtant devant la fenêtre, elle contempla les lumières de Nashville. En montant dans l'avion à Tampa, elle ne s'était pas doutée de ce qui l'attendait dans cette ville. En quelques heures, Jess Clark avait semé la plus grande confusion dans sa vie si bien organisée.

Elle revécut en mémoire, les uns après les autres, tous les événements dont elle en subissait encore les effets troublants. Andrea se rappelait parfaitement sa réaction dans l'avion en étudiant la photographie de Jess, puis son émoi en se trouvant face à l'homme lui-même. Elle s'était battue contre ses sentiments, mais en perdant des points à chaque instant. Quel pouvoir détenait-il donc pour avoir réussi si vite à réveiller en elle une force qu'elle ignorait, qui dormait au plus profond de son être depuis toujours. A présent, cette force la consumait.

Elle devenait folle et elle se mit à maudir violemment cet audacieux personnage. A cause de lui, elle était déchirée, écartelée entre la partie d'elle-même qui n'aspirait qu'à le retrouver, à se jeter dans ses bras, et l'autre qui plaidait pour le retour le plus rapide à Tampa et la reprise d'une vie normale.

Le souvenir du baiser dans la piscine l'étourdit à nouveau, déclenchant une foule de sensations dans son corps et teintant ses joues du rouge de la honte. Elle n'osait pas se reconnaître en cette créature qui s'était livrée sans retenue à l'étreinte de Jess. Possédait-elle donc une double nature ? En surface, la jeune aristocrate au maintien presque austère dominait. Derrière cette façade, il existait une femme capable de s'enflammer au contact d'un homme qu'elle connaissait à peine.

Quel égarement ! Elle essaya de se raisonner. Ne se racontait-elle pas des histoires ? Elle s'exaltait comme une adolescente, elle cédait à des chimères. Il ne s'agissait en tout cas certainement pas d'amour, et n'était même pas sûre d'éprouver de la sympathie pour Jess Clark.

Certes, il savait se montrer charmant, spirituel et diaboliquement séduisant. Il se révélait aussi poli, même courtois, mais quel être se cachait derrière ces belles manières ? Il venait de donner la preuve de sa témérité. Rien ne l'arrêtait. Cette nuit, son baiser fougueux dans la piscine avait clairement démontré qu'il ne respectait pas réellement Andrea. Il n'avait d'ailleurs pas parlé d'amour, ni même d'affection. Avec une franchise brutale, il avait simplement dit : « J'ai eu envie de vous embrasser dès la première minute où je vous ai vue dans le hall de l'hôtel. » Pour lui, l'affaire n'allait pas plus loin, ne portait pas à conséquences. Il était décidé à conquérir la femme qui suscitait son désir, rien de plus.

Andrea devait-elle se sentir flattée de lui plaire ? Elle l'était sans doute ; cela expliquait d'ailleurs, dans une certaine mesure, sa capitulation si facile.

Ses pensées l'orientèrent soudain sur Nori Lawrence, le morceau manquant dans le puzzle que Jess constituait pour elle. En quittant la piscine, il avait déclaré :

— Je ferais mieux de reconduire Nori chez elle, Andrea. Dans l'état où elle se trouve, elle risque de se remettre à boire. Il n'est pas question de la laisser rentrer seule, elle se tuerait sur la route. Je suis l'unique personne qui conserve encore un peu d'influence sur elle quand elle va si mal. Me pardonnerez-vous si je demande à Peewee de vous reconduire à votre hôtel ?

— Oui, bien sûr, avait répondu Andrea.

— Notre rendez-vous de demain pour continuer notre visite touristique tient toujours, n'est-ce pas ?

— Je... oui, s'était entendu déclarer Andrea, complètement désemparée.

— Je vous téléphonerai tôt dans la matinée, avait alors conclu Jess.

A cet instant, le soulagement s'était révélé plus fort que toutes les autres émotions d'Andrea. Après le baiser dans la piscine, comment se serait déroulé son retour à l'hôtel avec Jess? La perspective d'un tête-à-tête avec lui l'affolait. Elle n'avait pas tant peur de lui que d'elle-même!

Elle avait adressé une prière de remerciement silencieuse à l'ange gardien qui la délivrait de Jess Clark pour la confier à un être aussi rassurant que Peewee. Mais son soulagement côtoyait un sentiment violent, indéfinissable. S'agissait-il de jalousie à l'égard de la vedette déchue qui occupait de toute évidence une place dans la vie et dans le cœur de Jess? Se la représenter blottie contre lui dans sa voiture pendant le trajet lui avait fait mal. Pourquoi se laissait-elle envahir par l'image de Jess portant Nori jusquà son lit, venant auprès d'elle et l'apaisant en lui affirmant qu'elle était tout pour lui et Andrea une simple aventure?

De la jalousie! Andrea éprouvait une humiliation cuisante. Elle se comportait vraiment comme une adolescente!

Les amis de Jess n'avaient pas voulu la renseigner, mais leur discrétion ne l'empêchait pas de deviner la vérité. L'accusation de Nori reprochant à Jess de l'avoir fait attendre toute la soirée revêtait une signification plus qu' évidente.

Pris par les événements, tout occupé à séduire la brune étrangère de Tampa, il avait négligé son amie. Cette attitude n'était pas à son honneur.

Tout à coup, Andrea se demanda s'il ne considérait pas une liaison avec elle comme une partie du contrat et une condition pour donner sa signature.

Une rage folle s'empara d'elle. Des larmes lui brûlèrent les yeux. Jess interprétait-il vraiment ainsi le fait de traiter avec elle et non pas avec son grand-père? Croyait-il qu'il s'agissait d'un calcul des guitares Castille? Ayant un besoin désespéré de lui, la société aurait décidé de se servir du charme d'Andrea pour se donner les meilleures chances d'obtenir sa signature...

Le méprisable individu avait peut-être tout simplement inventé l'absence de son imprésario pour disposer d'un peu plus de temps.

— Oh! gémit-elle en tambourinant avec ses poings sur le dossier d'un fauteuil.

Ces réflexions la mettaient hors de ses gonds. Au bout d'un moment, épuisée, elle s'effondra sur son lit et contempla le plafond. Progressivement, elle se calma et revint à la raison. Elle s'efforça alors de reconsidérer la situation d'un point de vue logique.

Etant donné l'importance de l'enjeu, elle ne pouvait pas se permettre d'emballer ses affaires et de rentrer à Tampa par le premier avion. Jusqu'à la signature de Jess, il lui fallait jouer le jeu, se montrer aimable avec lui, peut-être même se laisser courtiser afin d'être en meilleure position pour le dissuader de prendre des actions dans les guitares Castille.

Elle s'aventurait sur un terrain dangereux, elle le savait, mais elle se rassura en se promettant de rentrer chez elle et de tout oublier aussitôt le contrat signé.

Un peu rassérénée, elle alla se doucher, puis éteignit les lumières et se coucha.

Elle sombrait tout juste dans un sommeil superficiel et agité lorsque le téléphone sonna, l'amenant à s'asseoir dans son lit avec un sursaut.

De ses doigts tremblants, elle chercha le bouton de la lampe de chevet. La sonnerie continuait, douce, mais amplifiée par les craintes qu'elle suscitait en elle.

Qui pouvait l'appeler à cette heure en dehors de Jess?

Elle décrocha en regardant l'appareil comme s'il s'agissait d'un animal prêt à mordre.

— Oui?

— Andrea?

Elle reconnut immédiatement la voix, celle de Raymond Ayers et non pas celle de Jess!

— Raymond! s'écria-t-elle. Etes-vous à Nashville?

— Non, Andrea, à Tampa...

Elle se mit à trembler et sa vue se brouilla.

— Qu'y a-t-il, Raymond? s'enquit-elle.

Elle avait déjà deviné et accepté la terrible nouvelle.

— Il s'agit de mon grand-père, n'est-ce pas?

— Hélas oui, Andrea.

— Est-il... Est-il...

— Je regrette de ne pas pouvoir vous renseigner exactement sur la gravité de son état. Pour le moment, il est à l'hôpital, aux soins intensifs. Les médecins ne se sont pas encore prononcés.

Puisqu'il était vivant, il restait un espoir! Andrea s'y accrocha comme à une bouée de sauvetage.

— Que s'est-il exactement passé, Raymond?

— Eh bien j'ai dîné avec lui, nous avons discuté comme d'habitude et ensuite nous prenions le café, quand il a soudain porté les mains à sa poitrine. Il suffoquait. Il est tombé. J'ai immédiatement appelé les secours. J'ai confiance, il est si solide, mais j'ai tenu a vous appeler.

— Oui, vous avez eu raison. Je vais essayer d'obtenir une place sur un vol de nuit pour Tampa.

— Entendu. Je consulte les horaires et je vais vous attendre à l'aéroport.

Andrea raccrocha et demeura un instant paralysée. Puis, à la manière d'une somnambule, elle se redressa et regarda autour d'elle. *Inutile d'emballer mes affaires*, songea-t-elle. *Si nécessaire, l'hôtel s'en occupera et me les enverra.* Tant qu'elle n'avait pas évalué la gravité de la situation, elle jugeait sage de garder la chambre.

Elle reprit le téléphone et demanda à l'employé de la réception:

— Passez-moi l'aéroport, s'il vous plaît.

7.

Une brume grise enveloppa Andrea à sa descente d'avion à Tampa. L'air venant du Golfe était lourd et salé. L'humidité porta un coup supplémentaire à son moral défaillant. Elle se sentait fatiguée par le voyage et mal dans son corps comme dans ses vêtements.

Elle n'aperçut pas tout de suite Raymond Ayers. Elle en conçut d'ailleurs une vive déception et mesura alors à quel point elle comptait sur la présence et le soutien de cet homme amical.

Puis elle le vit, qui jouait des coudes pour passer à travers un groupe de personnes afin d'arriver jusqu'à elle. Il la rejoignit et, suivant une impulsion qui contrasta avec sa réserve coutumière, la serra brièvement contre lui et l'embrassa.

— Raymond, est-il toujous en vie? s'entendit-elle lancer sans préambule, exprimant l'inquiétude qui la rongeait.

Il hocha la tête d'un air rassurant.

— Mais oui. Il semble aller mieux ce matin. Je reviens à l'instant de l'hôpital.

— Quelle bonne nouvelle ! s'exclama-t-elle.

Raymond se chargea de son sac et, la prenant par le bras, l'entraîna vers la sortie de l'aéroport en affirmant :

— Le docteur pourra vous en dire davantage.

Autour d'eux, la vie continuait, sans égard pour leur histoire personnelle. Des avions étaient annoncés, des passagers attendaient la livraison de leurs bagages, d'autres prenaient le petit déjeuner dans le restaurant avant de s'envoler.

Raymond arborait la même mine lasse qu'Andrea. Elle comprit que pour lui aussi, la nuit avait été longue. Il ne possédait ni la taille de Jess Clark, ni la sveltesse de sa silhouette. En fait, il ne lui ressemblait pas du tout. Il ne manquait pas pour autant d'élégance dans son costume trois-pièces, avec sa chemise blanche et sa cravate choisie selon un goût très sûr. Il incarnait à la perfection son rôle de jeune directeur, et la barbe naissante qui ombrait exceptionnellement ses joues ne lui retirait rien de son allure.

Ses traits harmonieux se révélaient un peu plus mous que ceux de Jess, ses yeux gris reflétaient beaucoup d'intelligence, ses cheveux auburn esquissaient de légères ondulations. Il était facile de l'imaginer dix ou quinze ans plus tard, avec un soupçon d'embonpoint et des tempes argentées qui lui conféreraient un air très distingué.

Les foules ne se précipitaient pas pour applaudir Raymond, ses succès ne lui valaient pas son nom en grosses lettres dans tous les journaux des Etats-Unis. Pourtant, à sa façon, il exerçait une activité importante. Les rouages de la société moderne fonctionnaient grâce à des gens comme lui.

De telles réflexions inspirant à Andrea un élan d'amitié et de respect, elle glissa chaleureusement son bras sous le sien pour gagner le parking où il avait garé sa Buick bleu marine, plus pratique que séduisante.

Le soleil de la Floride se levait à l'est sur un lit de pourpre. Le temps d'atteindre Bayshore Boulevard et il se dévoila sous la forme d'un disque d'or éblouissant, lançant des flèches scintillantes sur les vagues de la baie d'Hillsborough.

Une fois à l'hôpital, Andrea et Raymond se présentèrent à la réception.

Une infirmière d'âge mûr, au visage avenant, expliqua à Andrea :

— Il est toujours aux soins intensifs. Je ne sais pas si les visites sont autorisées.

— Pouvez-vous me renseigner sur son état ? s'enquit-elle.

— Il faut en parler avec son médecin.

Andrea se tourna vers Raymond qui devina sa question.

— C'est le docteur Racklin, précisa-t-il.

Le nom la rassura. Il s'agissait d'un homme de grande réputation, qui suivait son grand-père depuis plusieurs années.

L'infirmière consulta son planning et déclara :

— Le docteur Racklin est là en ce moment. Vous pouvez monter au troisième étage et demander à le voir.

Au sortir de l'ascenseur, quelques instants plus tard, Raymond s'exclama :

— Regardez, nous avons de la chance !

Andrea reconnut le médecin de son grand-père au milieu d'un groupe d'infirmières. Ils se dirigèrent vers lui, les talons de la jeune femme claquant sur le dallage.

— Docteur Racklin !

Il détacha les yeux de la fiche d'un malade qu'il était en train d'étudier pour voir qui l'appelait. Son stéthoscope dépassait de la poche de sa blouse blanche.

— Bonjour, Andrea. A vous, Raymond, je ne souhaite pas le bonjour, car nous nous sommes quittés après minuit, je crois ! lança-t-il aimablement.

— Comment va mon grand-père ? s'enquit Andrea, anxieuse.

— J'aurai bientôt les résultats des examens, annonça-t-il. Pour l'instant, je suis plutôt optimiste.

— Dieu merci ! lança Andrea, au bord des larmes. Que lui est-il arrivé exactement ?

— Allons en discuter dans un endroit plus tranquille, proposa le médecin.

Il se tourna vers l'une des infirmières et demanda :

— Apportez-moi, s'il vous plaît, la fiche de Manolo Castille.

L'infirmière se rendit rapidement dans le bureau de l'étage et revint avec le document.

Le docteur Racklin la remercia, puis déclara :

— Venez, Andrea.

Comme Raymond ne bougeait pas, il ajouta à son intention :

— Vous pouvez nous accompagner, naturellement.

— Je préfère vous attendre ici. Il vaut mieux que vous parliez en tête-à-tête.

Andrea le gratifia d'un regard plein de gratitude avant de suivre le docteur dans une petite pièce. Il se percha sur le bord d'une table, tandis qu'elle s'installait sur une chaise. Il étudia un instant la fiche en silence avant d'expliquer :

— Votre grand-père a eu une crise cardiaque, mais pas trop méchante, il me semble. Je le garde aux soins intensifs par prudence. La médecine dispose actuellement, pour ce genre de cas, de médicaments très efficaces qui n'existaient pas encore il y a quelques années. Votre grand-père devrait s'en sortir, à condition de changer son mode de vie. Les remèdes à eux seuls ne suffiront pas. Il lui faudra impérativement renoncer à ses cigares, mais aussi prendre ses distances par rapport à ses affaires. Cette crise est un avertissement, la seconde pourrait être fatale.

— Je suis inquiète pour lui depuis des semaines, avoua Andrea. La société traverse des difficultés et il se fait beaucoup de souci. Les guitares Castille constituent sa raison de vivre.

— Les soucis figurent hélas parmi les causes majeures de ce type de maladie. Il est indispensable de les lui éviter. La situation est-elle en voie de se rétablir ?

— Oui, car Raymond a eu l'idée d'une campagne promotionnelle avec l'un des plus grands chanteurs folk du moment, Jess Clark. Peut-être le connaissez-vous?

— Bien-sûr, j'ai dû le voir à plusieurs reprises à la télévision. Il s'agit d'une grande vedette de notre époque.

— Oui, accorda Andrea. Raymond pense que s'il passe à la télévison, justement, dans des spots publicitaires, en jouant sur nos guitares, il nous ouvrira un nouveau marché. Jusqu'à présent, nous vendons presque exclusivement aux musiciens classiques.

— Eh bien, le calcul me paraît excellent. Raymond est un homme d'affaires remarquable. Je vous souhaite de réussir. J'ai hâte de savoir votre grand-père soulagé de ses tracas.

Comme le docteur repliait la fiche, Andrea se leva.

— Puis-je lui rendre une petite visite?

— Je préfèrerais que vous reveniez cet aprèsmidi. Il est encore sous l'effet des sédatifs ce matin. Après le déjeuner, je le ferai transférer des soins intensifs dans une chambre privée. Vous l'y trouverez réveillé et capable de parler avec vous. Jusquelà, ma chère enfant, je vous conseille de vous reposez sinon, considérant votre mine, je vais devoir vous hospitaliser aussi!

Raymond conduisit Andrea chez elle et durant le trajet, elle lui rapporta sa conversation avec le docteur.

Une fois seule, elle se déshabilla ; alors qu'elle se préparait à s'effondrer dans son lit, le téléphone sonna.

Elle décrocha et son cœur fit un bond dans sa poitrine au son de la voix déjà familière de Jess Clark. Il semblait fou furieux.

— Quand nous nous sommes rencontrés, je vous ai tout de suite prise pour un iceberg, mais je ne me doutais pas que vous étiez en plus grossière et mal élevée !

— Jess...

— Je ne suis pas habitué à ce que l'on se moque de moi ! Ne me dites pas que vous avez tout simplement oublié notre rendez-vous de ce matin ?

— Jess, si vous me laissiez vous expliquer...

— Ce que je ne comprends pas, continua-t-il, trop déchaîné pour l'entendre, c'est cette manière de vous éclipser alors que vous essayez par tous les moyens de me convaincre de promouvoir vos guitares. Si vous gérez votre entreprise de la même façon, mieux vaut en rester là !

Soudain glacée par l'angoisse, Andrea se demanda si Jess était assez mesquin pour tout annuler à cause d'un malentendu d'ordre personnel.

— Je ne cesse de courir après vous depuis des heures ! fulmina-t-il encore. D'abord j'arrive à l'hôtel, ayant reporté plusieurs rendez-vous importants dans le seul but de me libérer pour vous montrer la ville, et j'apprends que vous étiez partie au milieu de la nuit. En toute logique, vous auriez dû me laisser un message. « Elle n'a rien laissé », m'a déclaré l'employé et je suis resté là, bouche bée, l'air stupide... à cause de vous ! J'ai commencé par téléphoner à la fabrique de guitares et j'ai eu tout le mal du monde à leur extorquer votre numéro privé...

Comme il semblait à bout de souffle, Andrea glissa froidement :

— Avez-vous fini ?

— Vous possédez une explication, je suppose, pour ce comportement inqualifiable ?

— Oui, et si vous voulez bien vous taire une minute, je vais vous la donner.

Elle prit une profonde inspiration, s'efforçant de contrôler sa propre colère avant de déclarer :

— Premièrement, je vous prie de m'excuser pour avoir oublié le message. C'est une erreur de ma part, mais je ne disposais pas de beaucoup de temps et j'étais très bouleversée. J'avais l'intention de vous appeler aujourd'hui. On m'a téléphoné très tard hier soir pour m'annoncer que mon grand-père avait eu une crise cardiaque et qu'il se trouvait à l'hôpital. Naturellement, je me suis précipitée à l'aéroport, ne songeant qu'à rentrer par le premier avion.

Après un long silence, quand Jess se décida à parler à nouveau, son intonation n'était plus du tout la même.

— Eh bien, c'est à moi de vous adresser des excuses. Je regrette, oui vraiment, je regrette, mais vous comprendrez, j'espère, ma première réaction face à une telle situation.

— Oui, répliqua Andrea, sans se radoucir toutefois. Je pense que vous auriez tout de même dû commencer par m'écouter avant de vous emporter.

— Vous avez parfaitement raison.

— Vous emballez-vous toujours aussi facilement ?

— Non, en général il faut beaucoup plus pour réveiller mon humeur combative. Je me sens un peu ridicule maintenant. J'essaye de m'expliquer mon comportement. Ce doit être vous.

Après un instant de silence étonné, Andrea demanda :

— Que voulez-vous dire ?

— Dans le passé, lorsqu'une femme ne venait pas à un rendez-vous, j'en riais, tout simplement. J'estimais qu'elle ne valait pas la peine que je m'énerve. Pourquoi me suis-je tellement fâché cette fois ? C'est vous qui faites toute la différence.

Un autre silence s'installa. Jess escomptait-il une réponse ? Andrea n'en possédait pas. La violence des émotions qui naissaient entre eux l'étonnait elle aussi. Leurs relations évoquaient un volcan en activité constante dans ses profondeurs, prêt pour une éruption à la moindre occasion.

Jess lui parut sincèrement concerné quand il l'interrogea :

— Comment va votre grand-père ?

— Je reviens tout juste de l'hôpital. Le docteur m'a rassurée, ses jours ne sont pas en danger. Ses soucis professionnels sont probablement à l'origine de sa crise cardiaque.

Elle n'avait pas résisté à la tentation d'ajouter cette précision. Elle espérait inspirer à Jess un sentiment de culpabilité suffisant pour l'inciter à signer le contrat sans provoquer de complications. Il ne réagit pas cependant.

— Eh bien, je suis heureux de ces nouvelles, affirma-t-il. Combien de temps pensez-vous rester à Tampa ?

— Quelques jours, puis je reviendrai à Nash-ville.

— Parfait. Nous pourrons reprendre là où nous nous sommes arrêtés.

Une vague de chaleur empourpra les joues Andrea. Les propos de Jess contenaient des insinuations troublantes. S'efforçant de ramener la conversation sur un terrain moins délicat, elle déclara de sa manière la plus impersonnelle :

— Oui, je suis impatiente d'en finir avec ces négociations.

Le rire de Jess mit ses nerfs à rude épreuve.

— Je ne songeais pas exactement au contrat, avoua-t-il, amusé. A votre retour, je me propose toujours de vous emmener visiter la ville.

— Oui... volontiers, murmura-t-elle.

Après un silence tendu, il ajouta :

— Avertissez-moi dès que vous reviendrez, Andrea. Pour l'instant, je formule tous mes vœux de rétablissement pour votre grand-père.

— Merci...

Un petit déclic annonça à Andrea qu'il avait raccroché.

Elle s'allongea sur son lit et fixa le plafond. Progressivement, elle sombra dans un sommeil agité par des rêves où un cow-boy portant une guitare sur l'épaule l'enlevait et partait avec elle sur un gigantesque étalon noir.

Lorsqu'elle retourna à l'hôpital, dans l'après-midi, elle retrouva avec soulagement son grand-père dans une chambre privée. Elle y entra sur la pointe des pieds, voulant d'abord vérifier s'il dormait, mais il leva la main pour la saluer.

90

Son apparente fragilité lui serra la gorge. Sa sveltesse était devenue de la maigreur, de profondes rides marquaient son visage et des cernes très sombres mangeaient ses yeux.

— Grand-Père? lança-t-elle, s'efforçant de s'exprimer sur un ton enjoué. Comment te sens-tu?

Son regard se fixa sur elle avec une tendresse qui lui fit mal.

— Ma chérie!

Elle prit la main qu'il lui tendit. Presque aussitôt, il fronça les sourcils.

— Mais que fais-tu ici? Tu devrais être à Nashville!

— Raymond m'a téléphoné hier soir pour me mettre au courant et je suis revenue.

— Je vais le renvoyer! se fâcha le vieil homme. Comment ose-t-il te téléphoner au mileu de la nuit et t'inciter à entreprendre un tel voyage pour rien?

— Tu n'es pas sérieux, lui qui tient tant à toi! objecta-t-elle.

— Je lui en veux d'avoir affolé tout le monde. Je sortirai de l'hôpital demain. Où est le docteur, d'ailleurs? Où ont-ils mis mes vêtements? Vois comment ils m'ont habillé!

Il repoussa légèrement le drap, révélant une chemise blanche de l'établissement.

— C'est une tenue de femme! se plaignit-il.

Andrea sourit. L'emportement de son grand-père la rassurait, elle prouvait sa vitalité.

— Calme-toi, je t'apporterai des pyjamas.

— Pourquoi? Je n'ai pas l'intention de m'éterniser ici !

— Il te faudra rester quelques jours, j'en ai bien peur.

— Pas question, on a besoin de moi à la fabrique, la nouvelle livraison de bois est arrivée, protesta-t-il.

Il tenta de s'asseoir, mais retomba sur son oreiller, déçu et mécontent.

— Je ne comprends pas pourquoi je me sens si faible! protesta-t-il, irrité contre lui-même.

— Tu dois justement passer quelques jours ici pour reprendre des forces.

— Je n'en ai pas le temps, grommela-t-il.

Tout à coup, il parcourut la pièce du regard et s'enquit:

— Où sont mes cigares? Je ne retrouve rien! Ils ont caché mes vêtements, mes cigares...

Andrea frémit à l'idée de la tempête qu'elle allait déchaîner en lui apprenant qu'il ne devait plus fumer.

Une infirmière interrompit leur discussion à cet instant en pénétrant silencieusement dans la chambre sur ses semelles de crêpe. Elle portait un plateau avec une serinque.

— Pour quoi faire? questionna Manolo Castille, fixant l'objet d'un air soupçonneux.

— Un médicament prescrit par le docteur, répliqua-t-elle.

Désinfectant une petite plage de peau sur son bras, elle lui promit:

— Vous n'aurez pas mal.

Puis elle le piqua sans lui laisser l'occasion de se défendre.

92

Elle adressa ensuite à Andrea un regard éloquent et déclara :

— Encore quelques minutes, pas davantage Miss Castille. Son médecin veut qu'il se repose.

— Oui, je vais partir, accorda Andrea.

Sitôt l'infirmière sortie, Manolo maugréa :

— Ne t'occupe pas d'elle. Mais tu devrais retourner à Nashville, ma chérie. Le contrat n'est toujours pas signé, je suppose ?

— Non, admit-elle à regret.

— Ne déclare pas forfait, insiste.

Avec une note d'optimisme forcé, elle affirma :

— C'est l'affaire d'un ou deux jours, pas plus. Dès que l'imprésario sera de retour...

En son for intérieur, elle maudissait Jess Clark et son obstination.

— Je l'espère, murmura Manolo. Sa signature calmera nos créanciers et nous permettra une relance. En montrant le contrat et en expliquant la campagne prévue, j'obtiendrai de l'argent et un nouveau départ pour la société. Dans le cas contraire...

— Grand-Père, pour le moment il ne faut penser qu'à toi, seulement à toi, à te reposer et à te rétablir, conseilla-t-elle d'une voix douce.

Le vieil homme continua cependant :

— Dans le cas contraire, nous serons obligés de fermer avant la fin de l'année, de laisser sans emploi tous ces gens qui ont été si fidèles, qui ne sont pas uniquement mes employés, mais mes amis. Eux partis et la porte close, ce sera la fin de toute une époque de la musique.

Andrea s'approcha de son grand-père et pressa sa joue contre la sienne.

— Nous ne renoncerons pas, tu le sais bien. Si nécessaire, nous vendrons les guitares dans la rue pour que tout le monde entende leur son !

— Bien sûr, Andrea... Nous ne laisserons pas mourir...

Les paroles du vieil homme devinrent indistinctes, le sédatif commençait à produire son effet. Il sombra dans un sommeil paisible. Andrea déposa un baiser sur son front, puis quitta doucement la pièce.

Avant de rentrer chez elle, elle s'arrêta dans un centre commercial pour effectuer quelques achats. Ayant garé sa voiture, elle se dirigeait vers le drugstore quand la vitrine d'un magasin de disques attira son attention.

Plusieurs albums étaient exposés, sur lesquels on pouvait admirer Jess Clark, son visage hâlé aux traits virils. Ses yeux perçants plongeaient directement dans les siens.

Au cours des heures de tension et d'inquiétude qui avaient succédé à l'appel de Raymond, Jess et Nashville s'étaient éloignés de ses préoccupations. Mais tout à coup, à la manière de la foudre frappant un arbre, Jess Clark et les émotions qui s'associaient à lui revinrent en force. A la vue des photographies, elle éprouva la même attirance que dans l'avion, accentuée à présent par le fait de l'avoir rencontré en personne.

Elle ne voulut pas penser à ses lèvres, mais leur souvenir s'imposa, brûlant les siennes. Elle frémit en évoquant malgré elle le désir que son étreinte avait éveillé en elle. Comment aurait-elle pu l'oublier? Jamais elle ne l'oublierait.

Comme si Jess l'avait suivie jusqu'à Tampa, elle entendit aussi sa voix, qui ajouta à son trouble. Elle en pâlit avant de s'apercevoir que la vendeuse passait l'une de ses chansons dans le magasin. Il racontait avec des accents irrésistibles l'histoire d'un homme et d'une femme se retrouvant le soir dans une chambre, éteignant la lumière et s'aimant.

Dans une sorte d'état second, elle pénétra dans la boutique et, incapable de parler, pointa son index vers une pochette de Jess Clark. Ensuite, elle regagna sa voiture, serrant l'album contre elle, sans plus songer à ses achats.

L'intensité de ses sentiments l'affolait. Jamais elle ne s'était jugée aussi vulnérable. Elle s'était imaginé avoir laissé Jess Clark derrière elle. Certes, elle s'attendait à de nouvelles épreuves à son retour à Nashville, mais elle se croyait au moins en sécurité à Tampa. Comment fuir?

Elle conduisit jusque chez elle comme un automate. Arrivée dans son appartement, elle posa le disque sur la table, sans le sortir de sa pochette et décida: *je ne le passerai pas*. Elle était furieuse contre elle-même. Quel démon l'avait poussée à acquérir un échantillon d'une musique qu'elle n'appréciait pas du tout? Elle se révolta contre le destin cruel qui obligeait les guitares Castille à s'abaisser à une alliance avec la chanson populaire pour survivre. S'il n'avait tenu qu'à elle, elle aurait préféré fermer l'usine plutôt que de lier son nom aristocratique à celui de Jess Clark.

Comme pour se protéger, elle mit l'une de ses cassettes favorites de Segovia. Tout en écoutant les notes jaillissant sous les doigts du merveilleux guitariste pour emplir l'espace elle s'occupa de soigner ses ongles.

La pochette sur la table attirait toutefois irrésistiblement son regard.

Finalement, avec une exclamation mécontente, elle arrêta le magnétophone et ouvrit la pochette.

— Pardonne-moi, Segovia, dit-elle en remplaçant le musicien par Jess Clark.

Il s'agissait d'une autre forme d'art, qu'elle n'appréciait vraiment pas. Cependant... Cependant, l'impact de la belle voix chaude et mélodieuse de Jess Clark, soutenue par des arrangements habiles, ne l'épargna pas.

Elle s'allongea sur son lit et écouta. Jess lui semblait s'être indroduit dans la pièce et chanter pour elle seule. En quoi résidait son secret? Chaque femme éprouvait-elle de cette manière l'intimité de ses chansons, réagissait-elle au même trouble?

Andrea s'étira langoureusement. Les yeux fermés, les cheveux répandus autour de son visage, la respiration lourde et inégale. Elle ne résista pas à la tentation de serrer un oreiller dans ses bras. Elle promena sa langue sur ses lèvres qui brûlaient encore de l'empreinte du baiser de Jess. Le désir l'enflammait à nouveau, plus fort que jamais.

Comment allait-elle combattre cette obsession? Une question angoissante se posa à elle. S'était-elle sérieusement éprise de Jess Clark?

Avec un sursaut, elle ouvrit les yeux et se redressa en criant tout haut:

— Non!

L'empêchant d'entrer dans l'analyse de ses sentiments, le téléphona sonna à cet instant, la rappelant à la réalité.

Elle poussa un soupir, se passa la main sur le front comme pour chasser toute la confusion de son esprit et décrocha.

— Bonjour, comment avez-vous trouvé votre grand-père? s'enquit Raymond.

— Il m'a paru affaibli, mais tout à fait lui-même. Il est furieux parce qu'on lui a pris ses vêtements et ses cigares!

— C'est bon signe! s'exclama Raymond en riant.

— Je le pense aussi, confirma Andrea. Mais nous aurons du mal à le convaincre de se tenir tranquille.

— Espérons que le docteur y arrivera. Il a beaucoup d'estime pour Racklin.

Après une brève pause, Raymond ajouta:

— Je ne vous appelais pas seulement pour prendre des nouvelles. Je voulais aussi vous proposer de dîner avec moi ce soir, Andrea. Je dois vous parler d'une chose importante.

Elle fronça les sourcils et oublia brièvement Jess Clark.

— Naturellement, Raymond, de quoi s'agit-il?

— Je... Je ne peux vraiment pas vous le dire au téléphone.

Sa voix dénotait une certaine tension.

— Bon, dans ce cas j'attendrai le dîner. A quelle heure ?

— Sept heures, suggéra-t-il.

— Entendu.

Elle raccrocha, perplexe.

8.

Décidée à exclure Nashville et Jess de ses pensées, Andrea s'affaira pour se préparer à dîner avec Raymond.

Elle choisit une robe noire, très simple, et arrangea ses cheveux en bandeaux autour de l'ovale de son visage ; cette coiffure rehaussait sa distinction naturelle.

En s'habillant, elle s'interrogea sur le sujet mystérieux dont Raymond voulait discuter avec elle. Il ne s'agissait vraisemblablement pas de la maladie de son grand-père, sinon il lui en aurait parlé sans délai. Il devait plutôt y avoir du nouveau du côté de Nashville. Jess Clark ou son imprésario avaient-ils contacté Raymond ?

Lorsqu'il sonna à sa porte, elle était arrivée à s'en convaincre.

Tout en échangeant des banalités durant le trajet dans les rues de Tampa, elle laissait vagabonder son esprit. Que faisait Jess ? Jouait-il en concert, enregistrait-il une chanson, se trouvait-il chez les Kendall pour un autre barbecue? Ou bien tenait-il Nori dans ses bras, l'embrassait-il comme il avait embrassé Andrea le soir précédent? Cette seule idée suffit à déclencher en elle des vagues de colère. *Mon dieu, je suis jalouse!* songea-t-elle, consternée. Dans quel piège était-elle tombée? D'un côté, elle haïssait Jess Clark parce qu'il retardait la signature du contrat et lui infligeait un tourment sentimental ; de l'autre, il lui manquait terriblement. Elle se désolait de le savoir lié à Nori et se languissait de la chaleur de ses mains et du contact de ses lèvres.

— Je vous trouve très pensive ce soir, jugea Raymond.

Sa voix la tira de ses réflexions.

— Pardon, murmura-t-elle.

Au prix d'un pénible effort, elle se ressaisit et demanda :

— Pourquoi vous êtes-vous montré aussi énigmatique au téléphone? Que voulez-vous me dire?

— Attendez le dîner, exigea-t-il en souriant.

— Est-ce en rapport avec Jess Clark? Son imprésario vous a-t-il appelé? tenta-t-elle de deviner.

Raymond parut surpris.

— Non, devait-il le faire?

— Pas précisément, mais j'essaye de trouver ce qui peut être si important. J'ai cru que...

— Si je souhaite vous voir ce soir, ce n'est pas à cause de Jess Clark, quoique je sois curieux de savoir où vous en êtes.

Andrea poussa un soupir.

— Pas très loin, hélas, expliqua-t-elle. Nous

sommes devant un mur. Jess Clark se révèle d'une obstination terrible.

Le regard de Raymond quitta un instant la route pour se poser sur elle.

— L'affaire n'est-elle pas entendue ? Ma dernière conversation avec l'imprésario m'a rendu tout à fait confiant. Il me semblait que votre voyage à Nashville ne constituait qu'une formalité.

— Je le pensais aussi, déclara Andrea avec amertume. Malheureusement, le tout-puissant Jess Clark a décidé de s'en mêler.

— Que voulez-vous dire ?

— Etre payé pour promouvoir les guitares Castille ne lui suffit pas, il désire devenir actionnaire de la société.

Etonné, Raymond ne réagit pas tout de suite, puis il répéta, perplexe.

— Actionnaire !

— Exactement. Il ne veut pas d'argent du tout, mais des actions, sous prétexte qu'il sera ainsi directement impliqué et pourra agir plus efficacement. Je n'arrive pas à savoir s'il est sincère ou s'il recherche uniquement le prestige d'un association avec le nom des Castille, ou encore s'il s'agit purement de l'appât du gain.

Raymond secoua la tête.

— Votre grand-père ne sera jamais d'accord.

— Je le sais bien, confirma Andrea.

Les sourcils froncés, Raymond réfléchissait.

— En vérité, il y aurait bien quelques avantages pour nous. L'organisation Jess Clark nous ouvrirait ses portes, sans parler des possibilités de financement illimité...

— Mais Raymond, mon grand-père s'y opposera ! Oubliez ces avantages. Le nom des Castille et le travail de plusieurs générations sont en jeu. Se présenter au public avec un chanteur folk pour associé tuerait mon grand-père pour de bon, cette fois.

Raymond inclina la tête.

— Vous avez raison. J'envisageais l'affaire sous un autre angle, mais étant donné l'état actuel de Manolo Castille, je ne songe même pas à lui en parler. Malheureusement, si Jess Clark a maintenant décidé de ne plus signer le contrat, sa santé en souffrira aussi.

Andrea acquiesça, faiblissant sous le poids de son angoisse.

— Oui, nous sommes en mauvaise posture... Et par la faute de Jess ! Je dois absolument trouver un moyen de le convaincre d'abandonner son projet insensé et d'en revenir à la proposition initiale !

— Vous en croyez-vous capable ?

— Je vais essayer, en tout cas, affirma-t-elle sur le moment, sans envisager en détail le défi qu'elle relevait.

Raymond l'emmena dans l'un des meilleurs restaurants espagnols d'Ybor City. Ils dînèrent aux chandelles dans une cour fleurie, près d'une fontaine aux murmures cristallins. Les serveurs étaient remarquablement stylés et les plats de très haute qualité.

— Je ne peux pas supporter le suspense plus longtemps, déclara Andrea en attendant le café qui succédait à la paëlla valenciana. Vous m'avez invitée pour me dire une chose importante. Si elle ne concerne pas Jess Clark, de quoi s'agit-il? Je vous sens très tendu depuis le début du repas.

Raymond se mit à rire.

— Est-ce tellement visible?

— Peut-être pas pour tout le monde, mais moi je vous connais si bien...

— Oui, nous nous connaissons vraiment très bien, renchérit Raymond en hochant la tête.

— Absolument, vous êtes comme un membre de la famille et vous le savez. Vous travaillez avec mon grand-père depuis cinq ans déjà, n'est-ce pas?

— C'est exact.

— Je me rappelle votre entrée dans la société. J'étais encore à l'université. Vous m'avez beaucoup impressionnée avec votre allure d'homme d'affaires. Vous êtes arrivé et vous avez déchargé mon grand-père de beaucoup de tâches . Il ne pouvait plus s'occuper de tout, ni s'adapter à des nouveautés telles que les ordinateurs. C'était une révolution pour lui.

Raymond sourit en évoquant certains épisodes de sa carrière.

— Vous n'imaginez pas combien j'ai dû me battre avec lui pour les acheter!

Après un moment de silence, il ajouta:

— Vous souvenez-vous de la première fois où nous sommes venus dîner ici, Andrea?

Elle inclina la tête en se remémorant cette époque d'insouciance avec nostalgie.

— Nous avions passé une bonne soirée.

— Oui, Raymond, très bonne.

Raymond considéra sa tasse de café d'un air songeur. Il préparait les paroles suivantes, Andrea le sentit. Il prenait toujours son temps, ne risquant pas de commettre une action impétueuse. Sachant qu'il était inutile de le brusquer, Andrea but en s'exhortant à la patience.

Enfin, il se redressa et commença:

— Andrea, j'ai beaucoup d'admiration et de respect pour vous, vous ne l'ignorez pas.

Elle le regarda, de plus en plus perplexe.

— Oui, et je vous apprécie beaucoup aussi.

— Je suis heureux de l'entendre. Je ne suis pas sûr de choisir le meilleur moment pour vous parler... avec votre grand-père à l'hôpital, le contrat en attente à Nashville. Mais comme vous allez certainement repartir dès que vous serez rassurée sur son état, je préfère vous entretenir maintenant de la chose suivante...

Il fouilla dans la poche de son veston et en sortit une petite boîte qu'il plaça sur la table. Puis il l'ouvrit, révélant l'éclat d'un gros diamant.

— Voilà, Andrea. Je vous aime, depuis longtemps, très longtemps, peut-être depuis le jour où je vous ai rencontrée. Avec les années, nous nous sommes rapprochés. Andrea, je désire vous épouser.

Malgré elle, elle étouffa une exclamation et pourtant, la proposition de Raymond ne la surprenait pas vraiment. Son intuition avait perçu chez lui un attachement de plus en plus fort.

Toutefois, incapable de déterminer la nature de ses propres sentiments, elle n'avait ni encouragé, ni découragé Raymond. Elle l'appréciait beaucoup, certes, elle lui reconnaissait maintes qualités. Ils sortaient ensemble à l'occasion, ils partageaient plusieurs centres d'intérêt : la musique classique, le théâtre, la politique. Andrea était plus sportive que Raymond, elle jouait au tennis, faisait du cheval et de la natation, tandis qu'il se contentait du golf, quand ses occupations lui en laissaient le loisir. Ils s'accordaient néanmoins assez bien et, entre eux, la conversation ne languissait jamais.

Andrea ne voyait aucune raison de ne pas devenir la femme de Raymond. Deux jours plus tôt, elle aurait probablement accepté cette union solide, convaincue de lier son sort à celui d'un homme responsable, plein d'avenir.

Mais depuis deux jours, des événements s'étaient produits dans sa vie : Nashville, un baiser qui avait ébranlé son univers et mis le feu à la passion qui couvait en elle. Un monde d'exaltation s'était ouvert à elle, mais aussi de menaces et de souffrances.

Raymond, il fallait me le demander avant que je ne parte à Nashville ! La vie serait tellement plus simple avec vous, plus rassurante !

Hélas, pouvait-elle se satisfaire des plaines à présent qu'elle connaissait les sommets étincelants des montagnes ?

Sa peur voulut la pousser à dire oui. Retourner à Nashville avec la bague de fiançailles de Raymond lui permettrait de se sentir protégée. Mais en était-elle vraiment sûre ? Un bijou suffisait-il à la garder de la terrible faiblesse qui la rendait si vulnérable à Jess ? Comment osait-elle même envisager de porter le symbole de son engagement envers Raymond sans être certaine de pouvoir résister à Jess?

— Raymond, je... Que vous répondre? Je ne m'attendais pas...

Il parut étonné.

— Réellement? Vous vous êtes tout de même rendu compte que je tombais amoureux de vous?

— Oui, avoua-t-elle, mais je ne m'imaginais pas recevoir une demande en mariage ce soir. Je... je ne sais pas très bien où j'en suis personnellement. La situation est trop difficile: les problèmes de la société, le voyage à Nashville, la crise cardiaque de mon grand-père.

Elle prit la main de son interlocuteur sur la table et, du regard, implora sa compréhension.

— Ne pourrions-nous pas en reparler plus tard?

Il inclina la tête. Sa déception se lisait dans ses yeux. Avec un sourire, il admit:

— J'ai mal choisi mon moment, je vous l'ai dit. J'aurais dû patienter. Mais je tenais à avoir cette discussion avant que vous ne repartiez. Nous pourrions être heureux ensemble, Andrea. Je veillerai sur vous, je ferai tout ce qui est en mon pouvoir pour sauver l'affaire de votre grand-père. Mais si mes démarches échouaient et si la fabrique fermait, je n'en serais pas moins capable de vous apporter la sécurité. Entre autres choses, j'ai réalisé d'excellents investissements ces derniers temps. Nous avons beaucoup d'atouts pour nous.

— J'en suis consciente, Raymond, et j'ai toute confiance en vous. Le problème n'est pas là. Je ne veux simplement pas me marier sans être absolument sûre de mes propres sentiments et, à l'heure actuelle, je ne suis sûre de rien.

Elle se mordilla la lèvre inférieure avec embarras, puis conclut :

— Pour le moment, je n'ai qu'une certitude : aussitôt mon grand-père hors de danger, je dois retourner à Nashville...

9.

Dès qu'Andrea pénétra dans sa chambre d'hôtel après trois jours d'absence, le téléphone appela son regard. Il évoquait pour elle en cet instant un animal dangereux, provisoirement assoupi.

Elle décida de commencer par prendre une douche et un peu de temps pour se reposer avant de contacter Jess. Il lui faudrait s'y résoudre ensuite, elle ne possédait aucun moyen de se dérober.

Une fois rafraîchie, elle revêtit une robe d'été jaune à la coupe très seyante. N'y tenant plus, elle ne retarda pas davantage le moment de chercher dans l'attaché-case la liste des numéros de téléphone que Raymond avait utilisés pendant ses négociations.

Elle comportait celui de l'imprésario de Jess, de son avocat, du directeur d'une maison de disques, ainsi que quelques numéros privés ne figurant pas dans l'annuaire.

Rassemblant son courage, Andrea composa le

premier. La secrétaire de l'imprésario lui répondit que M. Clark n'était pas là. Elle lui apprit ensuite ce qu'elle redoutait: l'imprésario se trouvait toujours en voyage.

Remarquant la déception évidente d'Andrea, elle lui suggéra:

— Appelez les Disques AR, Miss Castille. Je pense que vous pourrez y joindre M. Clark.

Andrea suivit aussitôt ce conseil et la standardiste des disques AR la dirigea sur une responsable de production qui lui expliqua:

— M. Clark est en réunion, il n'est pas disponible pour le moment. Laissez-moi vos coordonnées et il vous téléphonera dès qu'il sera libre, Miss Castille.

Andrea s'exécuta et raccrocha pensivement. Cette femme qui lui était totalement étrangère semblait pour sa part la connaître. Les nouvelles circulaient donc vite dans le monde de la musique. Toute personne se montrant un jour aux côtés de Jess Clark se voyait immédiatement repérée. Peewee parlait sans doute à qui voulait l'entendre de la beauté brune qu'il était allé chercher à l'aéroport. Et Jess, que disait-il?

Andrea rougit à l'idée de passer pour sa dernière conquête. Mais peut-être se montrait-elle exagérément inquiète. Elle se désola toutefois de risquer de s'exposer aux bavardages et à la publicité dans les journaux à cause d'un homme à la terrible réputation de séducteur. Que n'avait-elle accepté la demande en mariage de Raymond, première étape d'une vie digne, respectable, normale!

Les minutes s'égrènaient une à une tandis qu'elle attendait devant le téléphone. Elle essaya de lire, mais son attention refusait de se fixer sur le texte. Elle regardait souvent sa montre, avec l'impression que les aiguilles n'avançaient pas.

Le message avait été transmis à Jess Clark, elle n'en doutait pas. Alors pourquoi ne se manifestait-il pas? L'angoisse se greffa sur son impatience. Etait-elle tombée en disgrâce à cause de son départ imprévu?

De désespoir, elle s'allongea sur son lit. Une autre crainte l'assaillit. Jess ne jugeait peut-être plus les guitares Castille dignes de son temps si précieux. Qu'arriverait-il si...

La sonnerie du téléphone amena Andrea à se redresser en sursaut. Elle s'aperçut dans une glace, pâle, les traits tirés. Son cœur battait à tout rompre.

Elle se moqua d'elle-même. Dans quel état se mettait-elle! Elle prit une longue inspiration pour se calmer, puis décrocha:

— Allô?
— Andrea.

Il ne s'agissait pas d'une question, mais d'une affirmation. Le son de la voix du chanteur affola son cœur encore davantage.

— Oui, bonjour, Jess, répondit-elle cependant sur un ton posé qui l'étonna elle-même. Merci de m'avoir rappelée. Je suis de retour et je désire savoir si nous pouvons reprendre les négociations.

Il éclata d'un petit rire qui lui porta sur les nerfs. Comme s'il n'avait pas entendu, il partit sur un autre sujet:

— Comment va votre grand-père ?

— Beaucoup mieux. Le docteur m'a assuré qu'il est hors de danger, aussi ai-je pu revenir.

— Tant mieux.

A quoi devait-elle appliquer ces deux mots, à l'état de son grand-père ou à son retour ? Ne pouvant le demander, elle déclara :

— J'ai téléphoné au bureau de votre imprésario, en essayant de vous joindre, et sa secrétaire m'a dit qu'il n'était pas encore rentré.

— En effet, j'en suis désolé.

— Jess, toute cette affaire dure depuis si longtemps déjà !

— Elle ne durera pas beaucoup plus, promit-il. Son absence ne se prolongera probablement pas au-delà de la semaine.

Il fallait donc patienter quelques jours de plus ! La réaction d'Andrea se révéla mitigée. D'un côté, elle éprouvait de la déception à cause du contrat, mais de l'autre une soudaine exaltation à la perspective d'avoir une raison pour passer du temps dans cette ville avec Jess.

S'efforçant de paraître déterminée, elle choisit d'aller droit au but :

— Jess, tenez-vous toujours à devenir actionnaire ?

— C'est la meilleure solution pour nous tous, Andrea. Je serai ainsi plus efficace, je vous l'ai déjà dit. Les Entreprises Jess Clark sont liées à de nombreux secteurs qui profiteraient aux guitares Castille.

— Vous me l'avez déjà expliqué, en effet, mais

112

j'aimerais que vous compreniez notre point de vue. Les conceptions de mon grand-père sont d'un autre âge, vous avez sans doute du mal à les admettre, j'en suis consciente. Fabriquer des guitares constitue plus qu'un métier pour lui. L'honneur de sa famille y est engagé. Son père, son grand-père et son arrière-grand-père...

La voix lui manqua. Comment exprimer la position de Manolo Castille ? Il n'existait pas de possibilité d'entente entre Jess et lui. En plus d'une différence de génération, une différence de monde les séparait.

— Je ne voudrais pas me montrer brutal, mais l'honneur de la famille ne le sauvera pas de la faillite. Lui avez-vous présenté ma proposition ?

— Grands dieux non ! Pas dans son état. Je lui ai simplement raconté que nous devions attendre le retour de votre imprésario. Mais j'en ai parlé à Raymond Ayers, notre directeur commercial. Il conçoit très bien les avantages de ce projet, mais il partage aussi mon opinion : jamais mon grand-père n'acceptera, et entrer dans une discussion avec lui maintenant compromettrait son rétablissement.

Après un moment de silence que Jess sembla utiliser pour réfléchir, il suggéra :

— Andrea, reportons cette histoire à plus tard, nous ne trouverons visiblement pas de solution aujourd'hui. Nous attaquerons le problème avec mon imprésario. En attendant, aurai-je enfin l'occasion de vous montrer Nashville ? Nous pourrions déjeuner ensemble, après nous être promenés.

Le poids de la déception et de la colère s'abattit

sur les épaules d'Andrea. Faire changer Jess Clark d'avis se révélait aussi impossible que d'arrêter les étoiles dans leur course. Jamais elle n'avait rencontré une telle obstination !

Elle se félicita d'avoir cet entretien par téléphone, ainsi Jess ne voyait pas les larmes qui coulaient sur ses joues. Puisqu'il ne voulait pas démordre de ses exigences et que jamais Manolo Castille ne l'accepterait comme associé, la fin des guitares Castille s'approchait inéluctablement. Andrea avait donc échoué dans sa mission.

— Vous êtes tellement occupé, vous n'avez certainement pas le temps...

Sa fureur perçait dans sa voix, mais Jess choisit de l'ignorer.

— Des occupations, j'en ai toujours plus qu'il n'en faut, Andrea, accorda-t-il, mais quand je veux du temps, je le trouve. Je donne toujours la priorité aux choses importantes. On ne vit qu'une fois et j'ai décidé depuis longtemps de ne pas me rendre esclave de ma carrière comme tant d'autres artistes.

Il rit en ajoutant :

— Connaissez-vous cette vieille chanson intitulée « Je ne veux pas être l'homme le plus riche du cimetière » ?

— Non, répliqua-t-elle sur un ton toujours glacial.

— Peu importe, mais croyez-moi, elle ne manque pas de sagesse. La plupart de mes amis ont sacrifié leur existence à l'argent et ils étaient usés à quarante ans. J'aime aussi l'argent, et le destin s'est montré généreux envers moi. Néanmoins, mon premier objectif est de demeurer disponible.

114

Il révélait une nouvelle facette de lui-même, celle d'un homme détendu, capable de résister aux appels de son destin de vedette pour redevenir aussi insouciant qu'un enfant.

Sa bonne humeur commençait à produire un effet apaisant sur Andrea, comme le soleil printanier faisant fondre le givre. Elle trouvait de plus en plus difficile de rester en colère, son désespoir s'atténuait, elle reprenait confiance. Tout n'était peut-être pas encore perdu ? Elle pouvait se montrer au moins aussi obstinée que Jess après tout !

Un regain de détermination la revigora. Non, elle n'abandonnait pas la partie ! Elle allait l'amener à changer d'avis et, en attendant le retour de l'imprésario, elle voulait oublier ses soucis de famille et d'affaires. Elle se proposait d'apprendre à mieux connaître Jess Clark, de profiter de sa compagnie, de cultiver leur amitié, ce qui constituait probablement le meilleur moyen de le fléchir.

Une douce ivresse l'envahit, la sensibilisant à la beauté de cette journée d'été. Le temps lui sembla suspendu.

— Eh bien, déclara-t-elle, si vous pensez avoir du temps libre, j'aimerais découvrir davantage votre ville...

— Fantastique ! Quand pouvez-vous être prête ?

— Je le suis, mais habillée très simplement.

— C'est parfait.

— Où êtes-vous ? s'enquit-elle.

— Devinez ! En bas. Je vous téléphone du hall.

— Vous étiez donc convaincu que j'accepterais votre invitation.

— Mais oui, il faut être convaincu pour obtenir ce que l'on veut !

— Je vous trouve bien présomptueux ! répliqua-t-elle sur le même ton plaisant.

— Oh, pas du tout ! Il s'agit plutôt de candeur. Pour que vos rêves deviennent réalité, vous devez vous comporter comme un enfant, croire au Père Noël, à l'avenir, en vous-même. Le monde est plein de gens qui ont oublié cette règle d'or.

Jess Clark jouait à présent au philosophe. Il possédait donc mille visages et plus encore. Lesquels restait-il encore à découvrir ?

La question accapara un instant Andrea, mais le téléphone ne lui apporterait certainement pas la réponse. Se ressaisissant, elle lança :

— Allons-nous continuer à discuter ou partons-nous en promenade ?

Elle devina le sourire de Jess tandis qu'il s'exclamait :.

— Ah, je vous reconnais enfin ! Montez dans l'ascenseur le plus proche, je vous attends.

Il se tenait juste devant les portes quand elles s'ouvrirent au rez-de-chaussée et s'empara de la main d'Andrea alors qu'elle n'était pas encore complètement sortie de la cabine.

Elle ne se trouvait heureusement pas paralysée par la nervosité que lui avait inspiré la perspective de leur nouvelle rencontre, mais elle n'était pas non plus entièrement préparée à l'émotion de le revoir, de le toucher. Elle se sentit soudain vibrante, brûlante, les joues en feu.

— Avec vous, la lumière est revenue à Nash-ville, lança Jess en guise de salut.

Et en moi, songea-t-elle en son for intérieur. Il ne lui restait plus aucun doute, Jess Clark possédait toujours le même pouvoir sur elle, malgré la colère qu'elle avait éprouvée contre lui quelques instants auparavant. Elle se surprit à rire, confuse.

— Flatteur! protesta-t-elle.

Il tenait ses deux mains entre les siennes et l'enveloppait d'un regard de braise, profondément admiratif, possessif. Plus rien n'existait autour d'eux.

Ils étaient seuls au monde.

Se rappelait-il la nuit dans la piscine, leurs corps presque nus réunis dans une étreinte passionnée, l'avidité, l'ardeur de leur baiser? Oui… incontes-tablement. De rouge, elle devint écarlate et elle dégagea ses mains.

Pour passer incognito, il avait remplacé sa tenue habituelle, style cow-boy, par une chemise sport, un jean et des tennis. Andrea n'était pas sûre que cette tenue, pourtant banale, ne lui attire pas mal-gré tout les regards féminins… Pour se faire plus discret encore, il mit des lunettes de soleil aux grands verres réfléchissants comme des miroirs et un chapeau qui tombait sur son front.

— Pour un peu, je vous prendrais pour un tou-riste, déclara Andrea.

— Que Dieu vous entende! s'exclama-t-il. Si quelqu'un me reconnaît, nous risquons d'être étouffés par la foule.

S'emparant du bras d'Andrea, il partit en direc-tion de la sortie. Une fois dehors, il s'arrêta.

— Par quoi désirez-vous commencer? Vous avez le choix. Les églises, les musées... Celui de la country Music, par exemple, qui expose les instruments et les costumes des plus grands, leurs portraits, les manuscrits originaux de leurs chansons.

— Ils valent sans doute le détour, mais ne les trouvez-vous pas un peu austères pour une si belle journée ensoleillée? Ne pourrions-nous pas plutôt flâner, sans but trop précis? s'enquit Andrea.

Il la considéra d'un air ravi.

— Ne vous a-t-on jamais dit que vous êtes merveilleuse?

Non, mais dites-le-moi, vous êtes le bienvenu, songea-t-elle. Auprès de lui, il lui semblait revivre. Mais elle se refusa à gâcher ce moment magnifique en se tourmentant à cause de ses sentiments. Elle remettait les soucis à plus tard ; mieux valait ne pas penser au jour où il la quitterait, l'abandonnant à elle-même, le cœur brisé. Elle frémit un instant à cette idée, mais la chassa délibérément.

En se promenant le long des rues, elle se félicita de la tenue anonyme de Jess. Elle redoutait de voir soudain quelqu'un le reconnaître et provoquer un attroupement autour de lui.

Elle découvrait la vie d'une vedette, une vie différente des autres, dont il fallait payer le prix en se déguisant pour sortir sans être assailli. Dans un sens, Jess était prisonnier de son succès.

Il interrompit tout à coup les réflexions de sa compagne en lançant:

— Je meurs de faim, figurez-vous!

Elle éclata de rire.

— Pardonnez-moi, je n'ai plus la conscience du temps, je suis tellement occupée à regarder autour de moi. J'ai faim moi aussi.

— Tant mieux! Notre prochaine destination s'appellera donc « restaurant », annonça-t-il avec enjouement.

Une fois installée sur les sièges en cuir de la luxueuse voiture de Jess, Andrea tourna la tête et étudia avec un attention son profil énergique.

Elle dressa mentalement un inventaire des aspects de lui qu'elle connaissait: l'humoriste, le poète, l'ami loyal, l'ennemi redoutable, l'humble chanteur, mais aussi la grande vedette, le séducteur courtois, poli, aux manières douces et à l'obstination inébranlable... Pouvait-elle comprendre la personnalité de Jess Clark, en saisir les nuances et la complexité?

Elle détacha à regret les yeux de lui. Ils avaient quitté les beaux quartiers pour un environnement populaire et Jess finit par se garer entre deux vieilles voitures sales et cabossées.

La curiosité d'Andrea était en éveil. Une maison qui faisait le coin d'une rue constituait le but de Jess. Il s'en échappait le rythme lancinant d'une chanson à la mode. Sur le mur assombri par des années de poussière, une pancarte annonçait: *Bienvenue chez Mamy Laudermilk*.

Jess ouvrit la porte et entra. Il y avait du monde, des consommateurs alignés devant le bar, des serveuses qui s'affairaient entre les tables sans se laisser distraire par le bruit et l'animation. La caisse enregistreuse sonnait sans arrêt. Des odeurs appétissantes de cuisine campagnarde se mêlaient à celle, un peu âcre, de la bière.

A peine Jess et Andrea avaient-ils pénétré dans la salle qu'une femme replette se porta à leur rencontre.

— Heureuse de te revoir, Jess, mais viens vite, je t'emmène à l'écart avant que tout le monde ne se précipite sur toi et t'empêche de manger.

Elle s'empressa de les pousser, Andrea et lui, vers un recoin à l'arrière de son établissement.

A l'abri des regards indiscrets, Jess retira ses lunettes noires.

— Je n'ai pas réussi à te donner le change, Mamy, n'est-ce-pas? s'enquit Jess.

— Pas une seconde, répondit-elle. Je t'ai reconnu tout de suite.

— Je croyais pourtant avoir un bon déguisement, expliqua-t-il, un peu dépité. Nous nous sommes promenés dans Nashville toute la matinée et personne ne m'a demandé un autographe. Mamy, je voudrais te présenter Andrea Castille.

Un sourire chaleureux salua Andrea.

— Bonjour, je suis Mamy Laudermilk, la propriétaire de ce lieu.

Elle tendit à Andrea une grosse main qui aurait pu appartenir à un maçon, mais qui se révéla douce et lisse.

Andrea s'était assise, mais Jess, par respect, se tenait toujours debout. Avec une pointe d'amusement, Andrea se demanda comment une militante féministe aurait accueilli sa galanterie.

— Andrea, Mamy Laudermilk est une vraie

120

mère pour tout le monde. Elle m'a nourri de hamburgers quand je ne pouvais pas la payer, raconta Jess.

— Tais-toi donc! protesta-t-elle. Tu m'as largement dédommagée depuis.

— Si tu as un moment, joins-toi donc à nous, Mamy, proposa Jess.

— Oui, renchérit Andrea, conquise par cette femme avenante, qui semblait incarner la bonté même.

— Pourquoi pas! Tout est organisé pour fonctionner sans moi ici. Je suis seulement là pour apporter une touche personnelle au service et m'assurer que la caissière ne me vole pas.

Sur ces mots, Mamy Laudermilk tira une chaise vers la table et Jess se décida seulement alors à s'installler sur la banquette à côté d'Andrea.

— Vous êtes ravissante, déclara Mamy Laudermilk. Vous avez le teint d'une grande dame de Barcelonne. Je vous imagine tout à fait avec une mantille de dentelle noire.

— Pour tout te dire, glissa Jess, le sang de la famille royale d'Espagne coule dans les veines d'Andrea, révéla Jess,

— Ah oui!

— Son grand-père fabrique les guitares Castille.

Une vive admiration se peignit sur le visage jovial de Mamy Laudermilk.

— Castille... Castille. Il me semblait bien connaître ce nom! Ils créent les plus belles guitares du monde.

Andrea sourit, agréablement surprise de constater que la réputation de ses instruments arrivait jusqu'à un endroit comme celui-là.

— Je suis venue à Nashville pour signer un contrat avec Jess, précisa-t-elle. Nous souhaitons entreprendre avec lui une campagne nationale de promotion.

— Eh bien, ma chère, vous ne pouviez pas effectuer de meilleur choix. Jess ne peut pas se raser le matin sans que toute la ville sache s'il s'est coupé ou non !

Tandis qu'Andrea souriait, une petite serveuse brune s'approcha de la table.

— Que voulez-vous manger tous les deux ? s'enquit Mamy Laudermilk.

La serveuse écarquillait les yeux.

— Je mettrais ma main au feu que vous êtes Jess Clark.

— Tais-toi donc ! se fâcha Mamy Laudermilk. Cette dame et lui sont venus ici incognito. Ne t'avise pas d'ameuter tout le monde. Pourquoi crois-tu que je les ai placés dans ce recoin ?

— Pardon, murmura l'employée en regardant autour d'elle, gênée.

Heureusement, personne ne l'avait entendue. Elle se tourna à nouveau vers Jess, soulagée.

— Je garderai le secret, si vous me signez un autographe sur ce menu. Vous rendez-vous compte ? Le menu que je vais servir à Jess Clark !

L'artiste sourit aimablement et inclina la tête. Andrea s'aperçut qu'elle s'était crispée. Elle se détendit, non sans imaginer les situations qui présentaient un réel danger, quand les gardes du corps devaient par exemple protéger Jess d'une foule déchaînée, prête à lui arracher ses vêtements pour conserver un souvenir de lui.

— Comment est le plat du jour ce midi, Mamy? demanda-t-il.

— Délicieux. Le cuisinier a dû pressentir ta visite!

— Est-ce qu'il vous conviendrait, Andrea? questionna Jess.

Elle acquiesça et la serveuse partit exécuter la commande.

Un tel déjeuner devait se graver dans la mémoire d'Andrea. Il régnait autour d'elle une ambiance incomparable, pleine de spontanéité et de bonne humeur.

Le repas lui-même se révéla savoureux, copieux. En mangeant, Jess et Mamy Laudermilk évoquèrent le passé.

Andrea apprit ainsi que cette femme conservait derrière le bar une boîte à chaussures remplies d'additions impayées et de chèques sans provision. Dans la plupart des cas, elle ne touchait jamais son argent, mais quelques exceptions justifiaient sa foi inébranlable dans la nature humaine. L'un de ses protégés ayant réussi dans la chanson ou dans tout autre carrière revenait parfois et, pour une dette de dix dollars, lui en donnait cent, accompagnés d'un baiser de gratitude.

Ils terminèrent leur petit festin dans la gaieté, mais le destin refusa à Jess et Andrea la facilité de quitter l'établissement comme un couple normal. Une jeune fille aux longs cheveux bruns, vêtue d'un jean et d'un T-shirt imprimé, effectua soudain un demi-tour tandis qu'elle sortait des toilettes pour regagner sa table.

— Hé, cria-t-elle, c'est Jess Clark !

Un silence pétrifié remplaça instantanément le vacarme. Jess soupira, mais se leva en souriant. Il glissa un bras protecteur autour des épaules d'Andrea et commença à se diriger vers la porte. Des mouvements individuels ne tardèrent pas à se muer en agitation générale. Tout le monde venait vers lui et le bruit reprit, encore plus fort.

— Bravo pour ton dernier succès, « La vallée verte » !

— Jess, un autographe !

— Jess, te souviens-tu de moi ? Joe Layton ?

— Qui est cette dame, Jess ?

Jess, Jess, Jess ! Son nom était sur toutes les lèvres et toutes les mains qui se tendaient voulaient le toucher.

Très sûr de lui, il s'exprima d'une voix ferme et claire. Il se montrait déterminé et en même temps très aimable et proche de ses admirateurs.

— Ne parlez pas tous ensemble. Je suis ravi de vous voir, vous êtes super.

Ces propos provoquèrent applaudissements et sifflements.

— Je t'aime, Jess !

— Moi aussi, répliqua-t-il et je ne demande pas mieux que de te signer un autographe avec le stylo que tu brandis si frénétiquement ! plaisanta-t-il.

Tout en parlant, il entraînait habilement Andrea vers la sortie, centimètre par centimètre. Mamy

Laudermilk se servait de sa silhouette imposante pour leur ouvrir le passage. Tout en écrivant sa signature ici et là, tandis que les gens lui donnaient des tapes dans le dos ou tiraient ses manches, Jess atteignit le seuil.

Il se retourna en criant:

— Je reviendrai !

Andrea le considéra avec curiosité. Elle s'attendait à le trouver agacé, lassé, mais elle le découvrit plutôt ému. Ce petit bain de foule lui avait permis d'entrer en contact avec ses fans qu'il estimait sincèrement. Il leur fit face encore un instant, dans un échange presque magique ; intriguée par l'intensité de ces relations, Andrea aurait voulu rester pour approfondir le mystère de cet homme et de son rayonnement. Mais d'un autre côté, au bord de la panique, elle n'aspirait qu'à monter en voiture pour s'enfuir.

La vie décida pour elle. Comme ils approchaient du coupé, des gens descendirent d'une camionnette et de deux autres véhicules qui s'arrêtèrent brutalement au bord du trottoir. Les arrivants braquèrent aussitôt sur eux des appareils photos et l'un d'entre eux, portant une caméra de télévison sur l'épaule, joua des coudes pour passer le premier.

Quelqu'un avait sans doute téléphoné aux médias, en conclut Andrea, stupéfaite.

Des questions fusèrent de toutes les directions.

— Qui est-elle, Jess ?

— Jess, ce n'est pas gentil de nous avoir caché l'identité de ta nouvelle amie !

— Miss, comment l'avez-vous rencontré ?

— Etes-vous mannequin?

— Vous n'êtes pas de Nashville, que pensez-vous de notre cité?

— S'il vous plaît, regardez par là!

Des flashes jaillissaient à chaque instant, l'œil de la caméra était rivé sur Andrea.

Tous là, les clients de Mamy Laudermilk ajoutaient à la confusion. Jess ne se laissa pas démonter.

— Elle s'appelle Andrea Castille, annonça-t-il. Elle vient de Tampa, en Floride. Elle est l'une des responsables des guitares Castille, des instruments sans pareil...

Une journaliste lui coupa la parole:

— Elle a plutôt l'allure d'une actrice de cinéma. Elle a la beauté classique de Liz Taylor.

— Merci du compliment, je suis entièrement d'accord, affirma Jess en saluant son interlocutrice d'un coup de chapeau.

Un reporter aux cheveux gris lui demanda:

— Allez-vous acheter une fabrique de guitares, Jess?

Evitant une réponse directe, il expliqua:

— Nous sommes en train de négocier, je ne sais pas ce que nous déciderons.

— Quels sont les termes du marché? s'enquit un homme brun à l'air particulièrement perspicace. Combien touchez-vous? Ferez-vous des films publicitaires?

— Miss Castille est là pour discuter de tout cela. On ne vous cachera rien.

— Serait-ce simplement une réunion d'affaires, Jess? questionna une voix teintée de cynisme.

— Je n'ai rien à ajouter, déclara le chanteur, à bout de patience. Lorsque j'aurai des informations à vous donner, mon attaché de presse organisera une conférence.

Il s'était montré suffisamment habile jusqu'à cet instant pour pouvoir s'éclipser avec un sourire et un geste de la main. Andrea et lui montèrent dans sa voiture, puis se frayèrent un chemin dans le petit embouteillage qui s'était créé devant le restaurant de Mamy Laudermilk.

Ils ne parlèrent pas avant d'avoir roulé quelques minutes sans problèmes.

— Je suis désolé, Andrea, déclara Jess, mais je dois me montrer conciliant. Ces gens cherchent de gagner leur vie, eux aussi.

— Qui étaient-ils? interrogea Andrea.

— La plupart travaillent pour la presse à sensation, j'en ai bien peur.

— Oh! s'exclama-t-elle en rougissant.

Elle se voyait déjà dans les journaux, photographiée aux côtés de Jess, et elle imaginait les commentaires provoquants destinés à attirer l'attention du public.

— Chaque fois que je sors, c'est la même chose, avoua le chanteur sur un ton de regret. Que penseriez-vous d'une escapade à Skyland, pour passer un moment en paix?

Skyland. Il s'agissait de son lieu de retraite, Andrea l'avait lu dans les articles de son dossier. C'était un ranch à l'écart de la ville, un endroit comparable à la propriété de Boris et de Marilee, avec piscine, écurie et un petit aéroport privé.

Elle repoussa immédiatement l'idée d'accompagner Jess dans un endroit aussi isolé.

— Montez-vous à cheval? s'enquit-il.

— Oui, et j'aime beaucoup, répondit-elle, faiblissant déjà.

— J'en ai un qui vous plaira, j'en suis sûr . Le bord de la rivière offre une promenade magnifique, de beaux arbres, des fleurs sauvages, un paysage délicieux, un calme qui permet d'oublier le reste du monde.

— C'est tentant, avoua-t-elle malgré elle.

Jess sourit et, prenant cette déclaration pour une réponse, il tourna brusquement sur sa droite au carrefour suivant.

Le cœur d'Andrea se mit à battre très vite. Son intuition lui disait que les prochaines heures allaient changer le cours de sa vie. Mais elle ne se sentait plus capable de lutter contre les événements, elle ne le désirait d'ailleurs plus. A quoi bon réfléchir, analyser, peser le pour et le contre, chercher des explications à ses émotions?

Une seule explication se révélait valable, une explication aussi vieille que l'humanité : elle était tombée amoureuse de Jess Clark.

Elle cédait à la folie, elle s'exposait au danger, elle se préparait beaucoup de souffrances, elle le savait. Jamais Jess ne lui avait laissé entendre qu'elle l'intéressait au-delà d'une brève aventure passagère.

Elle n'était malheureusement plus capable de raisonner. Des sentiments d'une intensité complètement nouvelle pour elle l'emportaient sur le bon

L'AMOUR DE PREMIÈRE CLASSE

Postez-nous ce coeur aujourd'hui!

Et nous vous ferons parvenir:

4 NOUVEAUX ROMANS GRATUITS
UNE TROUSSE DE MANUCURE GRATUITE
PLUS
UNE SURPRISE-MYSTÈRE
EN PRIME À VOTRE PORTE!

Voyez plus de détails à l'intérieur

Vous allez adorer votre nouvelle trousse de manucure—
cet accessoire élégant et indispensable se range
facilement dans votre sac a main. L'aspect riche de
l'etui couleur bourgogne reflète parfaitement votre style
et votre bon gout—et il est votre gratuitement grâce à
cette offre!

N'oubliez pas! Afin de recevoir vos romans, votre trousse de manucure et votre cadeau-mystère gratuits, retournez le bon affranchi ci-dessous. Faites vite!

DÉTACHEZ ET ENVOYEZ LA CARTE AUJOURD'HUI.

Au cas où la carte-réponse a déjà été détachée, écrivez-nous au: Service des lectrices Harlequin, B.P. 609, Fort Erie, Ontario L2A 5X3

sens et la prudence. Elle ne se souciait que de l'instant présent, de la compagnie de Jess, de sa proximité, de la chaleur qui émanait de lui et l'enveloppait toute entière, corps et âme.

D'une voix lourde du trouble délicieux qui l'envahissait, elle déclara:

— Nous devrions d'abord passer à l'hôtel pour que je prenne d'autres vêtements. Je ne peux pas monter à cheval dans cette tenue.

— Bien sûr. Avez-vous un jean dans vos bagages?

— Par chance, oui, répliqua-t-elle.

Elle s'abandonna contre le dossier de son siège. Son regard se promena du profil de Jess à ses mains vigoureuses sur le volant, ses mains qui savaient se montrer si tendres, ses mains qui savaient la caresser et lui ouvrir les portes du paradis.

Ses paupières se fermèrent d'elles-mêmes. Elle se sentait comme ivre.

10.

Andrea éprouvait un tel trouble que le paysage défilant autour d'elle parvenait à peine à retenir son attention. En d'autres circonstances, elle aurait apprécié le vent sur son visage, le ciel d'été, d'un bleu insondable, la campagne prospère à perte de vue, les animaux en train de paître paisiblement dans des prairies verdoyantes.

Sa confusion intérieure repoussait tout le reste à l'arrière-plan. Comment était-il possible de ressentir tant de choses pour un homme? Sa présence lui inspirait de la peur, mais une peur exquise. Elle rêvait de ses lèvres s'approchant des siennes et de ses mains partout sur son corps...

Elle ne s'était jamais trouvée dans un tel état, incapable de se dominer, sous l'emprise d'une émotion folle, prête à oublier tous ses principes.

Au fil des kilomètres, il lui avait semblé quitter le monde habituel. Ils étaient finalement parvenus aux limites de Skyland. Jess avait quitté la route pour s'engager dans une voie privée indiquée par un panneau « défense d'entrer ».

La paix régnait dans ces lieux soigneusement clôturés. L'ondulation du terrain produisait un effet doux, tranquillisant. Un grand pin ou un vieux chêne se dressaient ici et là.

Le domaine se dévoilait à Andrea dans sa simplicité totale. Pas de jardin sophistiqué, pas de manoir au bout d'une longue allée solennelle. Rien ne permettait de deviner qu'en cet endroit vivait une vedette fortunée. Jess avait respecté au maximum la configuration du terrain et son caractère, tout en s'assurant cependant les avantages du modernisme, qui comprenaient pour lui la surveillance électronique et, probablement, l'assistance informatique pour certains points de son organisation. Tout était néanmoins caché, les fils électriques et les cables enterrés, les cicatrices du sol parfaitement guéries.

La maison consistait en une importante structure de bois, avec des fenêtres en arcades qui semblaient lancer des clins d'œil d'invitation quand un rayon de soleil se reflétait sur elles. En harmonie avec son environnement, la construction donnait l'impression d'être née de la terre qui la portait et non pas sur la table à dessin d'un architecte hors pair.

Jess s'arrêta devant la maison et se tourna vers Andrea.

— Alors?

Elle prit une profonde inspiration, savourant l'odeur des feuilles, de l'herbe et des fleurs.

— Ce n'est pas seulement beau, déclara-t-elle avec un soupir, c'est idéal.

132

Le sourire de Jess s'accentua. Il redémarra et contourna l'édifice pour se garer sous un abri au côté d'un camionnette, d'un tracteur et d'une Jeep un peu délabrée, qu'Andrea imaginait plutôt au service d'un fermier.

Elle sortit de la voiture avec soulagement pour prendre l'air et un peu d'excercice. Ils revinrent sur le devant de l'habitation et Jess en ouvrit la porte.

A l'intérieur, elle perçut immédiatement une ambiance de confort serein. Sous le plafond à poutres du salon, elle découvrit une immense cheminée, de gros tapis de laine, des fauteuils et des canapés rustiques dont le beau bois luisait et dont les coussins offraient des coloris rêveurs et tendres.

Seul le mur au-dessus de la cheminée trahissait l'identité glorieuse du propriétaire. De petites étagères alternaient avec des cadres témoignant de son succès fantastique dans le monde de la musique : disques d'or, trophées, plaques gravées, photographies.

Andrea ne vit pas d'autre concession à sa vie professionnelle.

Il la conduisit dans une autre pièce pour lui permettre de se changer, puis il se rendit à l'écurie où il sella leurs montures. Celle qu'il lui destinait la conquit comme il l'avait prévu et elle la trouva juste assez vive, à la mesure de ses capacités de cavalière.

La chevauchée se révéla magnifique, sur une piste le long de la rivière, ombragée par le feuillage foisonnant d'arbres gigantesques. Ils traversèrent de petites criques de galets blancs, longèrent des rives charmantes, couvertes de fougères. Au-dessus de leurs têtes, des écureuils couraient de branche en branche et des oiseaux chantaient gaiement.

Quand ils se décidèrent enfin à rentrer, les ombres commençaient à s'étirer sur le sol. Andrea s'était enivrée de la beauté de la nature. Elle essaya d'exprimer son admiration, mais ne réussit pas.

— Il faudrait être poète pour en parler, conclut-elle en descendant de cheval. C'est sans doute un sujet pour vos chansons.

— J'ai déja essayé, mais jusqu'à présent mes compositions ne sont pas à la hauteur, avoua Jess.

Une fois dans la maison, Andrea se rendit dans la chambre où elle s'était changée. Sa robe l'attendait sur le lit. Elle retira son chemisier, puis son jean, et resta là langoureusement engourdie, plongée dans ses rêveries. En cet endroit, il lui semblait avoir échappé à la prison du temps.

Un bruit l'incita soudain à pivoter sur elle-même. Etouffant un cri, elle s'empara vite de sa robe pour se couvrir.

Jess se tenait sur le seuil, un verre à la main, arborant un sourire nonchalant.

— Vous auriez pu frapper! protesta-t-elle, doucement toutefois.

— Non, j'aurais manqué une scène beaucoup plus charmante que celle des bords de la rivière.

— Jess, je vous en prie, ne me mettez pas dans une situation embarrassante!

Il fronça les sourcils.

— Embarrassante! Pourquoi? Parce que je vous vois en sous-vêtements? Le bikini rouge l'autre soir en montrait bien davantage.

134

— C'était différent !

— En quel honneur ? lança-t-il en haussant les épaules.

Il s'attarda un moment encore, son regard se faisant plus expressif tandis qu'il s'attardait sur les parties de son corps qu'elle ne parvenait pas à dissimuler. A la confusion d'Andrea se mêlait un trouble de plus en plus grand. Sa féminité s'éveillait en réaction au désir qu'elle suscitait chez Jess. Il savourait ces instants où il pouvait la contempler et, en retour, elle éprouvait une exaltation fiévreuse à se laisser admirer.

— Vous avez de belles jambes, Andrea, longues, fines, lisses, une taille ravissante, un buste parfait. La nature s'est voulue particulièrement généreuse avec vous.

Jess paraissait presque impressionné, comme si ce spectacle le rendait humble.

— Merci, répondit-elle en rougissant. Vous me mettez toujours dans une situation embarrassante, malgré les compliments. Auriez-vous la gentillesse de vous en aller pour que je puisse m'habiller ?

Il la gratifia de son sourire le plus malicieux.

— Bien sûr.

Sur ses mots il partit et elle enfila sa robe en frémissant sous la caresse du tissu, tous ses sens étaient exacerbés. Par la fenêtre ouverte lui parvenaient le chant des oiseaux et le parfum des fleurs.

Quelques minutes plus tard, elle pénétrait dans le salon où Jess était confortablement assis, dégustant un cocktail. Il se leva aussitôt et, d'un geste, l'invita à le rejoindre sur le canapé.

— C'est une recette à moi, annonça-t-il en lui tendant un verre. Dites-moi ce que vous en pensez.

Elle goûta et murmura :

— Hmm, délicieux. Qu'y a-t-il dedans ?

— Plusieurs sortes de jus de fruits, de la menthe et un peu de gin. Vous ne prenez pas les mêmes risques qu'avec le punch de Boris, je vous le promets !

Il s'installa à côté d'elle, si près qu'elle croyait sentir la chaleur émanant de son corps. A l'exception du tic-tac régulier d'un vieille pendule sur la cheminée, le silence régnait dans la pièce. Si Jess employait des gardiens, ils s'étaient absentés ce jour-là. Andrea se trouvait complètement isolée avec lui. A l'idée de cette intimité, des chambres accueillantes à quelques mètres, son sang se transforma en feu dans ses veines.

Il allait l'embrasser, à coup sûr.

D'une voix manquant de fermeté, elle demanda :

— Jess, voudriez-vous chanter pour moi le succès de votre dernier album ?

Il sourit, surpris.

— L'avez-vous entendu ? Je croyais que vous n'aimiez pas ce genre de musique.

— Je le croyais aussi, mais... Mais à Tampa, une vendeuse passait votre disque dans un magasin et je l'ai acheté. La chanson est... elle est très belle.

— D'accord, déclara-t-il, l'air heureux. Mais je pose une condition.

— Laquelle ? s'enquit-elle, aussitôt sur ses gardes.

— Je souhaite que vous laissiez tomber vos cheveux sur vos épaules. A notre époque, rares sont les femmes qui les gardent aussi longs.

Secrètement flattée, elle répondit :

— J'accepte.

Elle leva les bras pour retirer ses pinces et lissa de ses doigts les mèches soyeuses. Elle avait l'impression de se déshabiller devant lui et le rythme de son souffle s'altéra.

Il la dévisageait.

— Magnifique, murmura-t-il. Vous êtes doublement attirante ainsi. Une femme dévêtue à l'air deux fois plus nue avec de longs cheveux lui tombant jusqu'à la taille.

— Vous m'embarrassez à nouveau ! protesta-t-elle.

— Ne m'empêchez pas de rêver.

— A la façon dont il la regardait, elle comprit qu'il l'imaginait sans rien sur elle et son cœur répondit à cette vison par des battements accélérés qui résonnèrent jusque dans ses oreilles. L'éclat de ses yeux l'emplissait de confusion tout en faisant courir un délicieux frisson le long de son corps. Elle se sentait brûlante.

Pour dissiper la tension qui s'accumulait entre eux, elle lui rappela doucement, d'une voix chargée d'émotion :

— Vous m'avez promis de chanter.

— Oui, je vous l'ai promis. Vous avez libéré vos cheveux, je vais m'exécuter.

Il prit sa guitare derrière le canapé, en caressa les cordes, effectua quelques réglages, puis se mit à chanter.

Elle retrouva l'air du disque, avec la même tendresse, la même ardeur. Mais à présent, il ne sortait pas d'un appareil électronique. Jess était là en personne et chantait pour elle seule.

Ses accents de velours trouvaient un écho au plus profond d'elle-même, la touchaient, l'émouvaient au-delà de toutes limites. Elle ferma les yeux, respirant au rythme de la musique, au rythme de l'amour.

Au lieu de continuer toujours et encore, comme elle le souhaitait, la chanson finit par s'arrêter, la laissant sous l'emprise du charme. Jess abandonna sa guitare et l'attira dans ses bras.

— Oh, Jess... murmura-t-elle.

Il plongea son regard dans le sien, lui donnant l'impression de rentrer en contact avec le plus intime d'elle-même, de voir jusqu'à son âme. Envoûtée, elle ne se déroba pas. Ils communiquèrent d'être à être, le temps n'existait plus.

Il se tenait si près d'elle qu'elle sentait son souffle sur sa joue. Lentement, très lentement, il approcha ses lèvres des siennes et, les effleurant, il chuchota son nom.

Puis il l'embrassa...

D'eux-mêmes, les bras d'Andrea se nouèrent autour de son cou. Faible, elle se livra, moulant la douceur de ses courbes aux contours durs de son corps d'homme.

Sa bouche descendit le long de sa nuque, tandis qu'il caressait ses cheveux. Ensuite, avec délicatesse, il ouvrit le bouton qui fermait sa robe dans le dos et dégagea son épaule. Les yeux fermés, elle étouffa une exclamation quand il se mit à explorer sa gorge, déclenchant une série de frémissements délicieux.

Son souffle devenait de plus en plus inégal, les coussins du canapé et le reste de la pièce autour d'elle semblaient disparaître. Comme dans un rêve, elle remarqua que la bouche de Jess devenait de plus en plus audacieuse, en descendant sur son buste.

Tout à coup, elle éprouva un choc. Il venait d'ouvrir sa chemise et, contre elle, elle sentit la pression virile de son torse.

— Jess... Jess... gémit-elle.

De ses mains à présent tremblantes de l'émoi qu'il partageait avec elle, il releva sa robe pour la caresser, la faisant vibrer et allumant des flammes en elle.

Le désir aux vagues montantes anéantissait la raison d'Andrea. La passion lui arrachait des paroles incohérentes.

Jess ne manquait pas d'expérience, il savait tenter, offrir, puis retenir, puis donner, suggérer l'extase pour la transformer en esclave soumise et haletante.

Elle s'interdit de penser aux bras dans lesquels il avait appris l'art d'aimer. Seul comptait ce moment. Les sensations les plus intenses la parcouraient, se multipliaient, sa peau frémissait, brûlante comme sous l'effet d'une tempête électrique.

Toutes ses inhibitions balayées, elle se laissait totalement aller.

Soudain, à travers le tumulte de ses émotions lui parvint un bruit assourdissant.

Jess se redressa avec un sursaut.

Libérée, elle rajusta maladroitement sa robe et s'assit à nouveau.

— Qu'est-ce que c'est? demanda-t-elle.

— Je n'en sais rien, marmonna Jess en refermant sa chemise.

— On dirait un arbre qui est tombé sur la maison!

— Plutôt une voiture qui en a heurté un, corrigea-t-il. Venez!

Jess se précipitait vers la porte.

Andrea se leva, échevelée, en finissant de rectifier sa tenue. Elle essayait de se ressaisir. Ses jambes vacillaient sous elle. Elle se sentait comme une somnambule se refusant à échanger son rêve contre la dure réalité.

En quittant la maison, elle aperçut une petite voiture renversée sur le côté, en dehors de l'allée, près d'un chêne. Un nuage de poussière se dissipait lentement dans l'air, témoignant de la vitesse à laquelle roulait le véhicule avant de déraper.

Jess s'empressa d'ouvrir la portière et aida la conductrice blonde à se dégager de son siège.

Andrea courut les rejoindre. Encore sous le choc, mais capable de marcher, Nori Lawrence esquissa un pas en s'accrochant au bras de Jess. Sur son front, une entaille saignait.

Pour le reste, elle paraissait saine et sauve. Dans son jean et sa longue chemise, elle ne donnait pas une impression de netteté, mais la boisson en était sans doute plus responsable que l'accident. La jeune fille dégageait une forte odeur d'alcool.

Elle considéra son véhicule, puis tenta de fixer son regard sur Jess et Andrea ; alors, elle lança en ricanant :

— Il y a des dégâts, n'est-ce pas ?

— Nori, tu es ivre ! se fâcha Jess.

— Et alors ?

— Tu m'avais promis de ne plus boire, tu m'avais assuré que...

— Je t'en prie, ne crie pas, Jess chéri, protesta-t-elle, des larmes plein les yeux. Quand tu es en colère, je ne le supporte pas...

— Pourtant, je suis en colère. Des gens se sont engagés pour que tu puisses enregister demain et toi, tu bois ! Comment vas-tu chanter dans cet état ?

Elle sembla prête à s'effondrer.

— Je serai d'attaque, Jess, je te le jure.

Se mettant à pleurer, elle expliqua :

— J'ai eu peur, chéri. J'ai tout d'un coup commencé à réfléchir... Je me suis demandé si j'étais encore capable de... J'ai juste pris un verre pour me calmer.

— Plutôt une bouteille.

— Oui, une bouteille, accorda-t-elle en minaudant.

Se tournant vers Andrea, Jess lui raconta.

— Elle a une séance d'enregistrement demain, qui représente la seconde chance de sa carrière, une occasion inespérée.

— La bouteille n'est pas encore tout à fait vide, glissa Nori. Ce serait dommage de gâcher.

Elle voulut retourner en titubant vers la voiture. Jess l'attrapa fermement par le bras et l'entraîna vers la maison.

— Pas question, Nori. Tu vas rentrer et prendre du café noir.

— Non, s'obstina-t-elle.

— Nori, pour l'amour de Dieu ! s'exclama Jess, exaspéré.

Combien de fois cette scène s'était-elle déjà passée ? s'interrogea Andrea. Et pourtant… Jess ne semblait pas lassé. Quand elle avait des problèmes, Nori allait tout droit chez lui. Peut-être, songea Andrea avec un pincement au cœur soudain, peut-être était-il attaché à cette frêle petite blonde ? Elle donnait envie de la bercer comme un enfant, elle se révélait très dépendante de lui. Cherchait-il ce type de femme ?

D'ailleurs, quel genre de relation connaissaient-ils ? La question se posait à nouveau. Brusquement, un sentiment de désolation glacé envahit Andrea. Nori sanglotait à présent, sa charmante petite tête sur l'épaule de Jess.

— Tu resteras avec moi ? s'enquit-elle. Je ne peux pas supporter la solitude avec tout ce vide en moi, Jess.

— Nous te tiendrons compagnie, Andrea et moi, affirma Jess sur un ton apaisant en soutenant Nori pour la conduire vers la porte d'entrée.

Andrea les suivit, se jugeant de trop. Jess finit presque par porter son amie. Une fois arrivé, il déclara :

— Andrea, voudriez-vous l'aider à se coucher, dans la deuxième chambre à droite. Je m'occupe de préparer du café.

Non sans mal, Andrea parvint à mener Nori dans

la pièce. Aussitôt, la jeune fille s'affaissa sur le lit et se laissa faire quand Andrea entreprit de la déshabiller. Puis elle se glissa sous les couvertures et considéra son aide d'un air sombre.

— Avez-vous passé la journée avec Jess?

— Une partie. Nous nous sommes promenés à cheval.

— Je savais que vous céderiez à Jess, marmonna la chanteuse, ses yeux s'emplissant de larmes à nouveau.

— Nori...

— Oh, ne prenez pas cet air consterné! Je m'en moque. Jess est un homme, un vrai, et vous êtes tellement différente des femmes qu'il côtoie habituellement. Vous n'êtes pas seulement belle, vous avez de la classe. Il vous a voulue, il vous a eue.

Elle haussa les épaules et ajouta:

— Peu m'importe. Il a gagné et tant mieux pour lui. Tout au fond de lui-même, comme nous tous, il a sans cesse besoin de se rassurer, de se prouver que tout lui réussit. Maintenant que vous vous êtes donnée, il ne s'intéressera plus à vous, il me reviendra. Moi seule compte pour lui, depuis toujours... et pour toujours. Vous verrez...

Le reste de la phrase se perdit en un murmure inaudible tandis que Nori sombrait dans le sommeil.

Andrea demeura un instant devant le lit, pétrifiée. Les propos de son interlocutrice contenaient-ils une part de vérité ou s'agissait-il des divagations d'une pauvre âme égarée?

Elle contempla le petit visage de poupée, la main

délicate contre la joue, les cheveux clairs ébouriffés. Endormie, Nori semblait innocente, presque une enfant.

Il n'était pas difficile d'imager Jess amoureux d'elle. Elle possédait des côtés charmants et attendrissants ; à la différence d'Andrea, elle appartenait au même monde que Jess. Elle parlait le même langage, vivait pour la même musique, alors que tout le séparait d'Andrea. Seule une attirance primitive et explosive, inexplicable, les poussait l'un vers l'autre.

Andrea poussa un soupir, ramassa les vêtements épars de la jeune fille et ouvrit l'armoire pour y chercher un cintre. Elle se figea alors brutalement à la vue des toilettes qu'elle contenait. Elle pâlit. A en juger par le style et la taille, elles ne pouvaient habiller que Nori.

Nori était donc chez elle à Skyland.

11.

Andrea se réveilla avec un terrible mal de tête, sans aucun doute la conséquence des larmes dont elle avait inondé son oreiller avant de réussir enfin à s'assoupir.

Elle avait laissé Nori endormie dans la chambre de Skyland pour retrouver Jess et lui demander de la raccompagner à l'hôtel. Elle s'était efforcée de dissimuler ses sentiments, mais il avait remarqué sa contrariété, l'attribuant probablement à la façon brutale dont Nori avait mis fin à leur tête-à-tête passionné. Désireuse de sauvegarder ce qui lui restait de sa dignité, elle s'était bien gardée de le détromper.

De retour à Nashville, Jess avait déclaré:

— Je suis désolé que Nori ait tout gâché, mais nous disposons encore de la soirée. Nous pouvons dîner, puis prendre un peu de temps pour nous...

Le sous-entendu se révélait des plus clair. Après

un repas romantique pour recréer l'atmosphère favorable, Jess se proposait de l'accompagner dans sa chambre et de reprendre l'étreinte interrompue pour l'amener à son terme.

Mais Andrea ne s'y sentait plus du tout disposée. Elle avait découvert que Nori vivait avec Jess, aussi rien n'était plus pareil à présent... sauf son amour pour cet homme. Contre un tel amour, elle ne pouvait rien. Mais se donner à lui en sachant qu'il appartenait à Nori était hors de question.

Sa déception l'emportait sur tout autre émotion. Elle avait réussi à vaincre sa résistance initiale à l'égard de Jess, elle lui avait trouvé mille qualités et soudain, elle s'apercevait que ses réserves du début étaient justifiées. Il ne songeait qu'à la séduire, qu'à s'offrir un bon moment avec elle, en prime aux avantages offerts par le contrat des guitares Castille...

Elle aurait dû lui en vouloir, mais elle n'éprouvait ni colère, ni haine. Reprocher à un fauve de traquer sa proie ne revêtait aucun sens. L'instinct de l'animal lui dictait ce comportement et Jess Clark était un prédateur.

Les reproches, Andrea les méritait elle-même, pour être tombée dans le piège avec tant d'aveuglement. Jess ne nourrissait ni respect, ni amour pour elle. Quand d'ailleurs avait-il prononcé le mot « amour » ? Jamais ! Il lui fallait au moins reconnaître qu'il n'avait pas essayé de lui mentir pour la conquérir plus vite. Il s'était contenté de la soumettre au pouvoir irrésistible de son magnétisme, de lui chanter une chanson d'amour et de

146

l'envoûter au point de la rendre consentante pour le suivre dans son lit.

Une profonde tristesse, un terrible sentiment de trahison et de vide pesaient sur elle. En quelques jours, Jess lui avait appris la vraie signification de l'amour, ce désir de s'engager totalement envers un autre. Sa vie s'en trouvait transformée comme un diamant brut qui, une fois taillé, brillait de mille éclats. Hélas un instant, un seul instant avait suffi pour balayer cette belle construction et elle se retrouvait perdue, complètement perdue, comparable à une enfant abandonnée dans une forêt inextricable.

Puis elle songea à la malheureuse Nori, fidèle à un homme comme Jess Clark. Nori représentait la vraie victime. Elle s'accrochait à lui, elle endurait humiliation sur humiliation...

Jess attendait toujours la réponse d'Andrea, assis à côté d'elle dans sa voiture. Allait-elle accepter son programme pour la soirée? Elle accomplit un gros effort pour se maîtriser. Son premier mouvement la poussait à refuser avec véhémence et à lui dire sans détour ce qu'elle pensait de lui.

Mais c'était impossible. Malgré le jugement sévère qu'elle portait à présent sur sa personne, il demeurait l'homme qui avait à jamais changé sa vie, qui lui laissait des souvenirs éternels.

Elle parvint à sourire.

— Pardonnez-moi, Jess, mais je ne me sens pas d'attaque pour dîner dehors ce soir. Je suis fatiguée, j'ai la migraine. M'en voudriez-vous si je vous demandais de me déposer tout simplement à l'hôtel?

Il fronça les sourcils.

— N'y a-t-il aucun moyen de vous faire changer d'avis?

— Ce sera pour une autre fois, répondit-elle, la gorge serrée.

Elle effleura sa main et réprima les larmes que suscita ce bref contact. Elle l'interprétait comme un geste d'adieu.

— Bien, je m'incline, déclara Jess, mais j'en veux beaucoup à Nori.

Je vous crois! ironisa Andrea en son for intérieur.

— Alors nous nous voyons demain, n'est-ce pas?

— Oui... oui, hésita-t-elle. D'accord.

— Avez-vous déjà assisté à l'enregistrement d'un disque?

— Non.

— Eh bien, je vous invite à celui de Nori, demain. C'est nous qui l'accompagnons. L'expérience sera intéressante pour vous, j'en suis sûr.

— Je viendrai volontiers, affirma Andrea, en se demandant toutefois secrètement où trouver la force de subir cette épreuve.

Peut-être pourrait-elle inventer une excuse pour se dérober à la dernière minute.

Lorsque Jess s'arrêta devant l'hôtel, elle se fit violence pour accepter un baiser sur la joue avant de le quitter, puis elle courut se réfugier dans sa chambre où elle pleura longtemps avant de s'endormir...

En se réveillant, Andrea se sentit incapable de sortir de son lit, elle n'en avait ni l'envie, ni le courage.

La sonnerie du téléphone coupa cependant court à son projet de rabattre le drap par-dessus sa tête pour ne plus rien savoir du monde extérieur.

Elle considéra l'appareil avec angoisse. Il s'agissait certainement de Jess et elle ne voulait pas répondre. Mais l'appel pouvait aussi provenir de Tampa et concerner son grand-père.

Au prix d'un immense effort, elle décrocha.

— Miss Castille? lança une femme au ton très professionnel.

— Oui.

— Je suis la secrétaire de Randy Davis, l'imprésario de M. Jess Clark.

— Ah oui! répliqua Andrea en accordant soudain toute son attention à son interlocutrice .

— M. Davis est rentré hier soir et M. Clark lui a demandé de vous fixer un rendez-vous en priorité dès aujourd'hui.

Enfin! Le moral d'Andrea remonta d'un coup.

— Très bien. Je suis impatiente de discuter avec lui. Quand peut-il me voir?

— Ce matin, si cela vous convient.

Elle consulta vite sa montre.

— Tout à fait. D'ici une heure?

— Entendu. Nous vous attendons.

Dès la fin de la communication, elle passa à l'action. Elle se dépêcha de prendre une douche, puis enfila un tailleur bleu marine d'aspect assez strict et noua ses cheveux en un chignon sévère.

Munie de l'attaché-case contenant ses papiers, elle se permit juste un arrêt dans le salon de l'hôtel pour boire un café noir et demanda au chasseur de lui appeler un taxi.

Elle arriva dans les bureaux de Randy Davis exactement une heure plus tard. Les lieux correspondaient à ses prévisions, élégants, luxueux, avec une moquette épaisse, de beaux lambris, un mobilier d'acajou brillant et des fauteuils de cuir. Dans la première pièce, trois employées s'affairaient devant des ordinateurs.

Mais Randy Davis la surprit en revanche. Elle imaginait un quadragénaire aux tempes argentées, aux yeux bleus perçants, très protocolaire dans un complet gris foncé. Il se révéla plus jeune que Jess de quelques années, le visage presque poupin sous une masse de cheveux bruns indisciplinés ; tout en discutant avec elle, il ne cessa pas de se balancer sur sa chaise.

— Jess m'a demandé de vous adresser des excuses pour l'attente que je vous ai imposée. Il vous a expliqué ce qui me retenait en Californie, je crois.

— Oui, je suis au courant, confirma-t-elle. Mais je suis plus préoccupée par le revirement subit de M. Clark. Je suis venue à Nashville persuadée que l'affaire était réglée, qu'il nous restait simplement à signer le contrat. Et maintenant il propose un autre accord... que nous ne pouvons accepter en aucun cas.

— Vous évoquez son intention de s'associer ?

— Oui, vous en avait-il fait part ?

— Pour être franc, Miss, non. Je croyais moi

150

aussi que tout était réglé, avant de m'envoler pour la Californie. Jess semble avoir réfléchi et reconsidéré toute l'histoire. Il m'a brièvement expliqué sa position hier soir à mon retour.

— Monsieur Davis, les guitares Castille constituent une entreprise familiale depuis des générations. Jamais mon grand-père n'acceptera d'y laisser entrer un étranger.

— Il y trouverait pourtant de nombreux avantages. Jess ne souhaite pas se limiter à une action publicitaire. Selon ce qu'il m'a dit, il projette de mettre toute son organisation au service des guitares Castille, ce qui comprend aussi un investissement de capital si nécessaire.

— Je mesure tout l'intérêt de cet arrangement et notre directeur commercial le saisit encore mieux que moi, mais vous ne semblez pas comprendre l'aspect humain du problème. Mon grand-père s'estime l'héritier et le responsable de toute une tradition. Jamais il ne consentira à s'associer, il préférera encore courir à la faillite.

Randy Davis fronça les sourcils et se mordilla les lèvres.

— J'espérais que vous sauriez le convaincre. Jess a pour sa part arrêté sa décision à présent.

A ces mots, les yeux d'Andrea s'emplirent de larmes.

— Monsieur Davis, je fais appel à votre aide. Mon grand-père est malade, il se trouve actuellement à l'hôpital de Tampa car il a eu une crise cardiaque, suite à ses soucis professionnels. Si vous réussissiez à persuader Jess de signer le contrat

151

original, que j'ai là avec moi, ce serait pour lui le meilleur des remèdes. Vous n'imaginez pas à quel point il compte sur cet accord. Nous vous proposons des conditions honnêtes, vous le savez, nous nous montrons généreux envers Jess Clark. S'il repousse notre offre à cause de cette soudaine idée de devenir un partenaire, il portera un coup fatal à mon grand-père.

— Miss Castille, je vais faire mon possible. Votre grand-père me paraît aussi obstiné que Jess lorsqu'il a pris une position, répondit l'imprésario avec un sourire.

— C'est vrai, admit Andrea. Ou bien Jess Clark accepte de revenir à notre proposition de départ, ou bien je serai obligée de rentrer annoncer à mon grand-père que le marché ne peut pas se conclure et ce sera la fin des guitares Castille.

Randy Davis secoua la tête.

— Personne ne le souhaite. Je ne vous promets rien, mais je vais parler à nouveau avec Jess.

Andrea acquiesça et se leva.

— Nous vous contacterons, Miss Castille, soit Jess, soit moi. Je crois qu'il vous emmène à une séance d'enregistrement cet après-midi ?

— Oui, répondit Andrea.

Avant de s'en aller, elle plaida une fois encore la cause de ses guitares :

— Je vous en prie, si vous avez de l'influence sur Jess, exhortez-le à renoncer à ses projets et à signer ce contrat !

Elle posa le document sur le bureau de l'imprésario.

— Comme je viens de vous le dire, je ne peux rien vous promettre. Jess commande, je ne suis qu'un exécutant. Je me charge cependant de lui ôter tout espoir de convaincre votre grand-père et ensuite il prendra sa décision en connaissance de cause.

Andrea regagna son hôtel. Peu avant midi, le téléphone sonna à nouveau. La voix de Jess, quand elle décrocha, lui provoqua un douloureux serrement de cœur.

— Je voulais vous rappeler l'enregistrement de cet après-midi, lança-t-il sur un ton enjoué. Vous n'aviez pas oublié, n'est-ce pas ?

— Non, répliqua-t-elle en s'efforçant de paraître à son aise.

— Alors parfait. Je passerai vous chercher tout de suite après le déjeuner et nous irons au studio ensemble.

Des questions brûlaient les lèvres d'Andrea. Jess avait-il parlé avec son imprésario, sa décision était-elle prise ? Mais le courage lui manqua pour les lui poser et il lui fallut se résoudre à attendre.

En d'autres circonstances, elle se serait réjouie d'assister à un enregistrement important à Nashville, mais la situation présente lui laissait prévoir un après-midi de cauchemar.

Ne remarquant apparemment pas son état, Jesss semblait très heureux au contraire, avec de bonnes raisons en fait. Il avait réussi à offrir une seconde chance à Nori, sa maîtresse. Il s'agissait d'un grand jour.

Le nom du studio, l'un des plus célèbres de Nashville, impressionna Andrea. Nori faisait sa rentrée dans les meilleures conditions possibles.

Jess présenta Andrea à quelques-uns des membres de l'équipe, puis la conduisit dans une pièce insonorisée, séparée de la cabine d'enregistrement par une paroi en verre. Là, il la confia à Corlissa Jones, l'une des responsables du service commercial.

— Je suis désolé de devoir vous quitter, Andrea, mais ils ont besoin de moi. Corlissa vous expliquera tout ce que vous désirerez savoir. Je vous retrouverai après l'enregistrement.

Corlissa était une grande femme anguleuse, d'un abord aimable. Elle ne possédait guère de charme, mais son expression ouverte et son sourire la rendaient instantanément sympathique.

Andrea perçut un certain énervement autour d'elle. Les autres occupants des sièges en velours appartenaient probablement à la maison. Ils s'entretenaient à voix basse tout en suivant du regard l'activité des techniciens et des musiciens dans la cabine. Andrea salua de la main les compagnons de Jess. La première à la remarquer fut Marilee qui avertit les autres. Aussitôt, Peewee, Boris et John lui adressèrent des signes amicaux. Jess et Nori ne se montraient pas.

— Pourvu que tout se passe bien! lança Corlissa. J'espère que Nori ne s'est pas arrêtée dans un bar à la dernière minute pour se donner du courage.

— Etes-vous une amie de Nori? s'enquit Andrea.

154

— Je la connais assez bien. Je lui souhaite de partir du bon pied cette fois, elle a traversé des moments vraiment difficiles. Naturellement j'ai aussi des raisons égoïstes de lui souhaiter de réussir. Notre compagnie ne demande pas mieux que de sortir des succès !

— Qui est à l'origine de l'enregistrement d'aujourd'hui ? demanda encore Andrea.

— Cet homme là-bas, Casey Millbanks, quelqu'un que j'aime beaucoup. En tant que producteur, il a toujours bien travaillé, mais hélas pour lui, il n'est jamais parvenu à marquer réellement un grand coup. Et soudain, il a pensé à Nori. Elle a eu sa période de gloire, il ne s'agit pas de n'importe qui. Pour Casey, elle constitue la dernière chance. Il est donc allé trouver Jess qui a une influence énorme à Nashville, vous le savez, je suppose. Il a accepté et il a beaucoup d'argent en jeu en ce moment. Il a aussi offert d'accompagner Nori avec son propre groupe. Je ne sais pas si elle se rend compte à quel point ses amis sont extraordinaires !

L'homme assis devant Andrea se pencha et pressa un bouton sur une console. Instantanément, les haut-parleurs diffusèrent dans la pièce ce qui se passait dans la cabine.

C'était un concert de murmures, d'instructions, de jurons, tandis que les techniciens s'affairaient autour des musiciens et des instruments, maniant un enchevêtrement de câbles apparemment inextricable.

— Ed, règle le micro 1...

— Mais non, branche le 3 ! John, ne bouge pas cette chaise, s'il te plaît !

— Boris, tu y vas maintenant...

— Tout cela doit vous sembler très confus et compliqué, mais le travail est en réalité d'une grande précision, expliqua Corlissa à Andrea. Vous voyez, chaque musicien sera enregistré à part, nous disposons de trente-deux pistes différentes dans ce studio. Ainsi, sans rien toucher à l'enregistrement des autres, chacun peut corriger un passage que notre ingénieur du son, Warren Clive, juge insuffisant. Lorsque tout est au point commence la phase du mixage.

La soudaine apparition de Jess et de Nori au fond de la cabine rendit Andrea inattentive aux commentaires de son interlocutrice.

Ils entrèrent par une porte en partie dissimulée au regard d'Andrea par un piano. Nori précédait Jess qui la tenait par le bras. Elle s'immobilisa un instant au seuil de la cabine comme au bout d'un plongeoir avant de sauter.

La voix de Jess, ferme et claire tandis qu'il s'adressait elle, fut transmise par les haut-parleurs:

— Allez!

Ce fut comme si Nori s'imprégnait de la force de cette voix. Andrea nota le regard qu'elle échangea avec Jess avant de s'avancer, contournant le piano, et d'aller se placer devant le micro qui l'attendait.

— Je suis prête, annonça-t-elle calmement.

Jess retourna fermer la porte et rejoignit les techniciens installés devant les consoles.

— Attention! lança l'ingénieur du son.

Un silence presque étrange s'établit soudain sur les lieux.

156

Puis Peewee effleura de ses gros doigts les touches de son piano, créant des sons aussi doux qu'un chuchotement dans la nuit. D'autres vinrent s'y ajouter et la basse le rejoignit. La mélodie évoquait la solitude d'un paysage plongé dans l'obscurité. Marilee l'enrichit de la plainte émouvante de son violon.

L'introduction arriva à sa fin, son écho se prolongea quelques secondes, puis la voix suave de Nori s'éleva, un instant sans support musical, mais très vite accompagnée par tout le groupe. Elle chantait la tristesse d'une humble fille de la campagne abandonnée par son ami.

Le texte et la musique se révélaient d'une beauté poignante et Nori les amenaient à leur pleine expression. Personne ne bougeait dans la pièce d'observation. Lorsque la chanson se termina, Corlissa s'abandonna contre le dossier de son siège avec un soupir de soulagement. Elle passa la main sur son front et sourit à Andrea.

— Vous venez d'assister à un enregistrement modèle, ils ne se passent pas tous aussi bien.

Andrea considérait pensivement Nori à travers la vitre. Cette forme d'art ne l'attirait pas personnellement, mais la chanteuse blonde possédait un réel talent, elle devait l'admettre.

Etait-ce la raison pour laquelle Jess continuait à s'intéresser à elle? Il connaissait sa valeur au-delà du problème de l'alcool et de ses comportements irresponsables.

Mais Nori n'avait pas simplement interprété une belle composition en grande artiste, elle y avait mis son cœur, traduit sa douleur de femme trahie. Et qui la trahissait, sinon Jess? La gorge d'Andrea se serra. Elle souffrait pour elle-même, mais elle se surprit à plaindre aussi la pauvre Nori. Il lui suffisait à elle de rentrer dès le lendemain à Tampa et de tout oublier. Nori, hélas, ne disposait d'aucun moyen d'échapper à son tourment.

Elle constituait en cet instant le point de mire de tous ses compagnons, les compliments pleuvaient sur elle et, rayonnante, elle semblait tout à coup rajeunie.

Mais déjà l'ingénieur du son levait la main et interrompait cette petite scène d'enthousiasme.

— Plus tard la fête, veuillez regagner vos places, nous avons encore du travail.

A cet instant, Corlissa se leva et s'étira.

— Moi, je suis attendue ailleurs, déclara-t-elle. Ravie de vous avoir rencontrée, Andrea.

— Moi aussi, répondit la jeune femme en se mettant debout à son tour pour lui serrer la main et la regarder quitter la pièce.

Elle chercha ensuite Jess dans la cabine et ne l'y vit plus. Tout à coup, une main se posa sur son épaule et elle sursauta. C'était lui.

— Alors, qu'en pensez-vous? Avez-vous aimé?

— C'était une expérience nouvelle pour moi, avoua-t-elle, mais j'ai trouvé cette chanson très belle. Vraiment.

— Il ne s'agit pourtant pas de votre genre de musique, souligna-t-il avec une pointe d'espièglerie.

— En effet, mais je ne suis pas étroite d'esprit à ce point. La chanson est vraiment excellente.

158

— Oui, aquiesça Jess en considérant Nori à travers la vitre avec une expression qu'Andrea ne réussit pas à définir.

A moitié pour lui-même, il murmura :

— Ne gâche pas tout cette fois, tu es ta pire ennemie...

Puis il reporta son attention sur Andrea et proposa :

— Allons prendre un café. Je dois vous parler du contrat.

Au dernier étage de l'immeuble se trouvait un bar. Une serveuse en tablier blanc installa Jess et Andrea près d'une fenêtre qui donnait sur le cœur de la ville avec ses rues pleines d'animation et ses grands espaces verts.

— Andrea, voulez-vous manger quelque chose ?

— Non, je me contenterai d'un café.

— Moi aussi, déclara Jess à la serveuse.

Elle se retira et il se mit à commenter tranquillement le paysage.

Assise au bord de sa chaise, les mains jointes sur ses genoux, Andrea n'y tenait plus.

— Vous alliez me parler du contrat, lui rappelat-elle.

Il inclina la tête et son regard devint grave.

— Randy m'a téléphoné après vous avoir vue ce matin et il m'a rapporté votre conversation. Nous avons passé presque une heure à discuter.

Comme il marquait une pose, Andrea se pencha vers lui.

— Et alors, qu'avez vous décidé ? s'enquit-elle, la gorge serrée.

Durant des secondes interminables, Jess se borna à la regarder, puis il leva les deux mains en feignant de se rendre.

— Je capitule. Les Castille sont les personnes les plus obstinées à qui j'aie jamais eu a faire !

Le cœur d'Andrea fit un bond dans sa poitrine.

— Oh Jess, voulez-vous dire que vous renoncez à devenir un actionnaire et que vous êtes prêt à signer le contrat original ?

— Exactement, confirma-t-il.

Des larmes de joie perlèrent au bord des paupières d'Andrea. Pour un instant, elle oublia complètement ses souffrances intimes pour ne plus songer qu'au bonheur de son grand-père.

— Jess, j'ai envie de vous embrasser ! s'écria-t-elle impulsivement avant de mesurer ses paroles.

— Avec plaisir.

Considérant l'état de leurs relations, elle se hâta de se rattraper :

— C'était une façon de parler. Mais je vous remercie, profondément, pour les guitares Castille, pour mon grand-père... pour nous tous.

Jess fixa sur elle un regard pénétrant, puis il poussa un soupir et haussa les épaules.

— J'espère que vous vous rendez compte de l'occasion que vous laissez passer. L'obstination de votre grand-père va lui coûter cher. Il aurait pu s'assurer mon concours sans payer un sou... en y gagnant au contraire mon soutien financier.

— Il aura des soutiens financiers, expliqua Andrea en confidence. Nous avons déja des plans, qui dépendaient uniquement de votre signature.

160

Elle hésita, et se décida à demander :

— Pourquoi avez vous changé d'avis ?

— Pour plusieurs raisons. Je ne voudrais pas être responsable d'une nouvelle crise cardiaque de votre grand-père, je ne veux pas non plus précipiter la fin des guitares Castille. Le monde de la musique a besoin de la qualité que vous offrez. Ayant compris que vous ne céderiez pas, j'ai choisi le plus raisonnable : m'incliner.

Souriant, il ajouta :

— Vous êtes dure en affaires, belle Andrea. Ne me proposez jamais de jouer au poker avec vous !

Il lui sourit encore et enchaîna :

— Vous serez sûrement contente d'apprendre que Randy Davis a pris contact avec notre homme de loi. Tout est prêt, je passerai demain à son bureau pour signer le contrat.

Ces paroles donnèrent à Andrea l'impression qu'elle cessait enfin de porter le poids de l'univers sur ses épaules.

— Je suis... je suis très heureuse, Jess, et mon grand-père le sera encore plus.

Il haussa les épaules.

— Les guitares Castille sont les meilleures. Je ne prêterais pas mon nom pour les promouvoir si je n'en étais pas persuadé. C'est d'ailleurs un crime qu'elles ne soient pas présentes partout. Essayez donc d'en acheter une, vous verrez. Je compte bien aider à en mettre davantage en circulation.

— Oui, approuva Andrea en le considérant avec reconnaissance.

Ses sentiments personnels mis de côté, elle savourait toute la valeur de cet instant dont, elle voulait retenir chaque détail afin de le rapporter à son grand-père.

— Voilà la première chose que j'avais à vous dire, annonça Jess. L'autre était de vous inviter à nous accompagner ce soir. Nous jouons pour le bénéfice d'une bourse de la musique à Knoxville, l'Université du Tennessee.

Andrea se sentit déchirée entre des tendances contradictoires. La compagnie de Jess attisant sa souffrance, elle n'osait envisager de passer des heures avec lui. Mais de l'autre côté, pouvait-elle refuser ? Elle risquait de compromettre une longue négociation qui se terminait enfin sur un succès. Elle ne croyait pas Jess capable de changer encore une fois d'avis si elle repoussait sa proposition, mais elle préférait cependant ne pas prendre ce risque.

D'ailleurs, elle ne se trouverait pas seule avec lui. Il y aurait l'ensemble du groupe.

Ce point résolu, elle aborda une question qu'elle avait laissée de côté jusque là.

— J'ai un cadeau pour vous, annonça-t-elle, de la part de mon grand-père. Je l'ai rapporté de Tampa. C'est... L'étui est en cuir travaillé à la main, c'est une guitare Castille. Votre nom est sur le manche en incrustation de perles.

Jess la considéra un long moment en silence.

— Vous avez fabriqué une guitare exprès pour moi ?

En son for intérieur, Andrea n'acceptait toujours pas de voir un instrument classique de cette valeur

162

utilisé pour jouer de la musique folk. Elle partageait également l'avis de son grand-père à propos de la tradition des Castille. Hélas, elle le savait, il lui fallait s'incliner devant les exigences du marché. La survie de la société passait par les succès d'un chanteur populaire, c'était ainsi.

Le regard de Jess exprimait une vive émotion.

— Je traiterai cette guitare comme un trésor, assura-t-il.

— Mon grand-père souhaitait que je vous l'offre à la signature du contrat, mais ce sont des manières d'un autre âge, je suppose. Il imaginait une sorte de cérémonie, alors que, j'en suis sûre, vous ne voyez là qu'une simple formalité.

— Eh bien, je regrette que nous ne puissions pas convoquer des fanfares et une procession demain dans le bureau de Randy. Je suis désolé de ne pas avoir fait préparer le rituel que vous auriez aimé.

— Moi? releva Andrea en pointant son index vers elle-même. Je n'ai pas parlé de moi. Je faisais référence à mon grand-père. La preuve, je vous offre la guitare maintenant.

— Voulez-vous dire que je l'aurai pour le concert de ce soir?

— Pourquoi pas?

— Mais oui! Ce sera pour moi un privilège et un honneur. Et quelle occasion idéale: la petite fille du fabricant sera dans la salle pendant que j'inaugurerai l'instrument!

— L'affaire est donc entendue. Que dois-je mettre ce soir?

Il la gratifia d'un sourire admiratif:

— Vous êtes très bien comme vous êtes.

Consultant sa montre, il ajouta :

— Eh bien, à présent, nous devrions nous dépêcher. Mes techniciens sont sûrement déjà en train de charger le camion pour ce soir. Je n'ai même plus le temps de vous raccompagner à votre hôtel.

— Ce n'est pas nécessaire. Occupez-vous de vos préparatifs. Je peux prendre un taxi pour aller chercher la guitare.

Pendant le trajet jusqu'à l'hôtel, l'angoisse assaillit Andrea. Il lui tardait d'en finir avec cette journée, d'obtenir la signature de Jess et de monter à bord d'un avion la ramenant vers Tampa et la sécurité.

12.

Andrea disposa de peu de temps à l'hôtel avant d'entendre l'employé de la réception lui annoncer qu'un envoyé de Jess Clark l'attendait. Elle le pria de le faire monter.

Le magnifique étui à guitare était déjà sorti du placard où elle l'avait rangé, posé sur son lit et ouvert sur l'instrument. Le bois, superbe, luisait d'une façon presque féerique.

Andrea ferma l'étui et le remit à l'homme roux, de grande taille, qu'elle venait d'accueillir, puis, passant la bandoulière de son sac sur son épaule, elle quitta la pièce avec lui. Elle aurait parfaitement pu se débrouiller seule, mais en lui dépêchant quelqu'un, Jess Clark témoignait à nouveau de sa galanterie très poussée.

Lorsqu'ils s'arrêtèrent sur le parking, derrière les studios d'enregistrement, elle ne manqua pas de remarquer immédiatement le véhicule le plus voyant du lieu, un immense autobus gris métallisé.

165

Une intense activité se déroulait autour de lui. Les deux compartiments à bagages s'emplissaient d'instant en instant de cartons, de caisses et de tout un matériel électronique comprenant des haut-parleurs gigantesques, une table de contrôle, des micros, des câbles...

John donnait des instructions précises pour protéger sa basse électrique et gardait précieusement son saxophone sous le bras. Boris et Marilee se dégourdissaient les jambes avant de monter en voiture.

Marilee accueillit Andrea avec enjouement. S'avançant vers elle, elle la prit gentiment par les deux bras en déclarant :

— Quelle bonne surprise ! Bienvenue à bord, Andrea !

L'humeur réjouie de Marilee se révélant contagieuse, Andrea répliqua en riant :

— J'ai l'impression d'être une auto-stoppeuse qui a de la chance !

Soudain, elle reçut un petit coup au cœur en apercevant Jess qui sortait de l'autobus.

— Je m'en charge, annonça-t-il en s'emparant de l'étui à guitare. Merci, Tomy.

— Il n'y a pas de quoi, monsieur Clark. Je suis à votre disposition quand vous voulez.

D'un signe, Jess appela l'un des bagagistes et lui confia l'instrument.

— A manier avec le plus grand soin. Il s'agit d'une Castille en provenance directe des mains du Maître.

Marilee écarquilla les yeux.

— Vraiment, Jess?

Elle se tourna vers Andrea et ajouta:

— Est-ce vous qui l'avez apportée?

Andrea inclina la tête.

— Oui, il s'agit d'un cadeau de mon grand-père.

— Oh Jess, je suis impatiente de t'entendre jouer ce soir! s'exclama Marilee.

— Tu m'entendras, promit Jess. Avons-nous de quoi manger?

— Comme toujours, y compris la part supplémentaire de John. Mais de vais contrôler les glaçons. Andrea, je vous retrouverai à l'intérieur de l'autobus, proposa Marilee.

Ensuite, d'un saut agile, elle monta.

— Andrea, je vais vous présenter les responsables de notre sécurité et de l'équipement. Russ Boyd, chauffeur et garde du corps.

— Bonjour, Russ, murmura Andrea, un peu impressionnée par le géant qui se dressait devant elle.

Géant, il l'était par la tête, les épaules, les pieds et les mains. Il portait des cicatrices sur le visage; comme son nez cassé, elles témoignaient sans doute de combats de boxe sur un ring ou de rixes dans des bars ou des salles de concerts.

— Bonsoir, Miss, répondit-il poliment d'une voix incroyablement grave.

Il serra la main d'Andrea avec une douceur inattendue et, souriant en son for intérieur, elle pensa qu'il valait mieux l'avoir pour ami que pour ennemi.

— Et voici Ashley Davidson, enchaîna Jess, que

nous surnommons « Décibel ». C'est le seul ingénieur du son qui sache transformer un bruissement
de soie en rugissement de lion !

Andrea étudia l'homme maigre, nerveux, à la
chevelure clairsemée. Seuls ses yeux se démar-
quaient de son allure terne, ils brillaient d'intelligence et de vivacité.

Il donna une tape amicale sur l'épaule d'Andrea
et déclara :

— Miss Castille, j'ai un casque en trop si la
musique de ce soir vous fatigue et que vous désirez
écouter autre chose !

— Quelle insolence ! protesta Jess en riant.

L'ingénieur du son adressa à Andrea un clin
d'œil complice et elle se sentit à l'aise, en confiance.
Un instant plus tôt, elle était une étrangère mais
déjà le groupe s'ouvrait pour elle. Ces gens se
révélaient spontanés, chaleureux et d'une simplicité très agréable.

— Je me souviendrai de votre proposition, affirma-t-elle, amusée.

— Au lieu de comploter avec les membres de
mon équipe, venez donc dans l'autobus, décida Jess
en riant.

Andrea eut l'impression de pénétrer dans un
salon luxueux, aux sièges de velours. Au fond, elle
découvrit une installation des plus fonctionnelle,
comprenant un évier, un réfrigérateur, un bar, des
éléments de rangement et un four à micro-ondes.
Elle remarqua aussi une petite porte qui menait
sans doute aux lavabos. Elle nota encore un poste
de télévison couleur de dimensions peu communes,

168

couplé à un magnétoscope. L'ensemble constituait un petit palace sur roues.

Andrea se rendit soudain compte qu'elle s'était immobilisée sur le seuil et qu'elle bloquait le passage. Elle s'avança alors et gagna une place à côté de Marilee qui lui faisait signe.

Regardant autour d'elle, encore sous le coup de l'émerveillement, elle murmura :

— Je suis éblouie.

— Attendez que nous nous mettions en route, expliqua Marilee. Vous aurez la sensation d'avancer sur coussins d'air.

Russ s'était installé au volant et Jess se tenait près de lui, lui parlant des travaux qui provoquaient une déviation aux abords de Knoxville.

Russ poussa une manette et la porte de l'autobus se ferma. Puis il mit le contact et le puissant moteur s'éveilla. Le véhicule quitta lentement le parking, le trajet avait commencé.

Jess se dirigea vers l'arrière, où Boris s'était étendu sur une sorte de sofa avec l'intention évidente de s'offrir une sieste. John avait déjà allumé la télévision et jouait avec les boutons. Peewee avait pour sa part disparu derrière la porte des lavabos. Ashley « Décibel » regardait défiler le paysage ; derrière lui se trouvaient les deux bagagistes qui allaient déballer l'équipement à l'arrivée.

— Passez vos commandes pour le dîner ! cria Jess.

Les kilomètres s'égrenaient allègrement. Le petit palace mobile évoquait un tapis volant, élégant et confortable.

Lorsque tout le monde fut occupé à manger, Marilee engagea une conversation plus suivie avec Andrea.

— Peewee vient de l'Alabama, lui raconta-t-elle et John est d'une famille très bourgeoise de Nashville. Je suis à peu près du même milieu, ce qui n'est pas le cas de Boris. Le moins favorisé était Jess. Je ne comprendrai jamais comment il a réussi à passer des conditions de vie difficiles de son enfance et de son adolescence à sa gloire actuelle sans devenir le plus vaniteux des hommes.

Ayant terminé son repas d'ogre, John recommença à manipuler les boutons de la télévision. Ne trouvant pas de programme à son goût, il finit par l'éteindre et prit son saxophone.

Jetant un coup d'œil par-dessus son épaule, Andrea le vit assis au bord de son siège, l'instrument posé sur son genou. Il en sortit une première note, puis un petit air rapide pour se mettre en train avant de se lancer dans l'interprétation effrénée d'une danse populaire.

Au bout de quelques instants, Boris émergea de son sommeil et, retirant des baguettes de l'une de ses poches, s'amusa à l'accompagner.

Andrea perçut chez Marilee une réaction spontanée, instinctive. Elle suivait le rythme en claquant les doigts.

Elle ne résista pas longtemps. Soudain debout, elle alla prendre un violon dans l'un des espaces de rangement et transforma le duo en trio.

Peewee ne resta pas davantage absorbé par la lecture de son magazine. Ses doigts semblèrent

170

commencer à courir d'eux-mêmes sur le clavier d'un synthétiseur portable. Il en jaillit une mélodie cristalline comme une cascade en haute montagne.

Les battements énergiques de Boris unifiaient l'ensemble et lui donnaient une cohérence.

L'animation gagnait tout l'autobus. Ashley frappait dans ses mains et son visage morose s'éclairait d'un large sourire. Les jeunes bagagistes marquaient le rythme avec leurs pieds. Andrea se surprit à les imiter. Russ pianotait en mesure sur son volant et, d'une voix absolument discordante, chantait pour son propre plaisir.

Lorsqu'ils se turent, ils ne formaient plus qu'un. Dans le silence qui s'établit soudain, Russ conclut par un coup de klaxon.

Andrea se sentait un peu déroutée, elle n'avait jamais assisté à ce genre de manifestation. Toutefois, elle savait reconnaître de vrais musiciens lorsqu'elle les entendait et elle était tout à fait consciente du privilège de se trouver en compagnie de tels artistes.

— Vous devez être un peu surprise, déclara Jess en venant s'asseoir à côté d'elle.

— Surprise, mais enchantée, répondit elle en s'efforçant de ne pas montrer le trouble qui s'emparait d'elle.

— Et alors? s'écria Décibel. N'as-tu plus de doigts pour jouer de la guitare?

A l'unisson, tous les compagnons de Jess lui reprochèrent de ne pas les avoir rejoints dans leur improvisation comme à son habitude.

Souriant, il expliqua:

— J'aime me faire prier de temps en temps!

Ces propos lui attirèrent des sifflements qui feignaient la désapprobation.

Andrea le regarda s'emparer précautionneusement de l'étui de la guitare Castille et en sortir l'instrument avec beaucoup de délicatesse. Il le tourna en tous sens pour le contempler, en examinant chaque détail.

Allant s'installer au bord d'un sofa, il le posa sur son genou et l'accorda avec l'habileté d'une longue expérience.

Il commença par un puissant accord de base et la guitare Castille répondit avec la majesté d'un orgue dans une chapelle. Dans les yeux de Jess apparurent l'admiration et la plus profonde des satisfactions.

Il demeura un moment immobile et songeur.

— Je regrette que le fabricant de cet instrument ne soit pas là. Je lui dédie tout de même le premier morceau que je vais jouer. Pour votre grand-père, Andrea, j'espère que cette mélodie lui exprimera au moins en partie mon bonheur.

Sur ces mots, il entama un air qui laissa Andrea stupéfaite. Elle découvrait que Jess Clark ne se limitait pas au répertoire de la musique folk, il se révélait capable de jouer la composition que son grand-père appréciait le plus à la guitare.

Elle n'en croyait pas ses oreilles, elle écoutait, le souffle suspendu. Jess s'attaquait à la fameuse Malagueña d'Ernesto Lecuona, que tous les guitaristes n'osaient pas inclure dans leur programme de concert, tant elle exigeait une grande virtuosité.

Andrea allait d'étonnement en étonnement. Après l'improvisation brillante du groupe, elle recevait la démonstration du talent de Jess.

Dans un état second, elle se promena en esprit, guidée par la beauté de la musique. Des images d'Espagne passaient devant ses yeux.

Jess arrivait au passage particulièrement difficile où les dix doigts étaient sollicités. La surprise d'Andrea grandit encore. Elle avait entendu son grand-père jouer ce morceau et Jess le surpassait. Seul le célèbre Montoya pouvait faire mieux.

Andrea ne revenait de son saisissement. Jamais elle n'aurait cru Jess capable de ce genre d'interprétation. Par quel miracle avait-il pu acquérir, dans les conditions où s'était déroulée le début de sa vie, la technique et la sensibilité nécessaires pour ce genre de morceau? Décidément, il cumulait les énigmes.

Le plus aisément du monde, il enchaîna avec un hymne ancien et l'accompagna de sa voix riche et nuancée. Puis, avec la transition d'un accord habile, il passa à l'histoire d'un mineur dont l'existence se déroulait dans les boyaux noirs de la terre. Il conta ensuite les aventures d'un shérif poursuivant un bandit dans les montagnes.

Quand il se tut et laissa les cordes de la guitare, le plus grand silence régnait autour de lui. Seul le bruissement à peine perceptible des roues sur la chaussée le troublait.

— Andrea, dites à votre grand-père que je n'ai jamais vu d'aussi bel instrument, déclara-t-il sur un ton calme, presque solennel.

Craignant de trahir son émotion, elle se borna à incliner la tête, n'osant pas parler. Elle commençait à comprendre pourquoi Jess avait choisi son métier. Non, en réalité, il ne s'agissait pas de choix. Il était destiné à cette carrière par son... son génie, le terme ne paraissait pas trop fort.

Enfin, elle se décida à s'exprimer :

— Je dirai à mon grand-père que la guitare ne pourrait pas se trouver en de meilleures mains.

13.

Knoxville se dressait à l'horizon. L'autobus quitta l'autoroute et traversa un quartier neuf, construit spécialement pour la Foire mondiale qui s'y était déroulée quelques années auparavant.

Bientôt, l'environnement changea. Les étendues calmes du campus de l'une des plus grandes universités de l'Etat s'étendaient dans la nuit tombante. Les phares révélèrent soudain la façade de briques recouverte de lierre d'un bâtiment imposant devant lequel Russ s'arrêta.

Autour d'Andrea, les musiciens commencèrent à s'étirer, puis ils se levèrent et l'atmosphère s'imprégna de la tension qui précédait le spectacle. Au dehors, des silhouettes révélées par les lampadaires s'approchaient. Il s'agissait d'étudiants qui venaient vers le véhicule avec des sifflements ou des cris en guise de salut. Jess se pencha pour leur sourire par une vitre. Ensuite il se tourna vers ses compagnons.

— Il ne nous reste pas beaucoup de temps pour nous préparer. Nous devrions presser le mouvement.

Marilee glissa son bras sous celui d'Andrea en l'entraînant vers la portière de l'autobus.

— Il est toujours un peu nerveux juste avant le début d'un concert, mais dès qu'il commence, il oublie tout. Nous aussi du reste. Une fois sur scène, pour rien au monde nous ne voudrions être ailleurs.

Le moment qui suivit se déroula dans la confusion la plus totale. Jess faillit être étouffé par la foule lorsqu'il quitta le véhicule. Décibel s'affairait déjà devant les compartiments à bagages et contrôlait le déchargement et le transport de l'équipement dans l'immeuble. Il criait ses ordres à ses deux coéquipiers et engagea même des jeunes de l'assistance qui proposaient leur aide.

Andrea éprouva une certaine panique devant cette agitation. La présence de Marilee à ses côtés la rassura.

— Restez près de moi, lui dit-elle. L'entrée n'est qu'à quelques pas et Russ connaît son métier.

Tandis que Jess touchait des mains de droite et de gauche, Russ leur frayait en effet un chemin. Quelques instants lui suffirent pour les conduire à l'intérieur du bâtiment et en refermer la porte sur les admirateurs excités.

Ils longèrent un corridor faiblement éclairé par des ampoules nues pendant du plafond. Andrea accompagna Marilee dans une loge. Les valises contenant les tenues de scène arrivèrent peu après. Marilee se changea, révêtant une jupe argentée et un corsage d'un rouge vif, orné de sequins. Elle mit aussi des cuissardes et enfila une veste à franges. Son chapeau de cow-boy sur la tête, elle possédait une allure incomparable.

Elle ouvrit son nécessaire de maquillage et s'examina dans le grand miroir brillamment éclairé.

— Comment me trouvez-vous? demanda-t-elle quand elle se leva enfin, satisfaite de son travail.

— Déguisée en poupée pour décorer un arbre de Noël, avoua Andrea avec franchise.

Marilee éclata de rire.

— Eh bien, c'est ainsi, s'exclama-t-elle, la nature ne m'a pas aussi bien doté que vous! Mais allons-y. Il y a encore à faire.

Andrea se retrouva dans les coulisses pour assister au spectacle. Les bruits qui traversaient le rideau encore fermé témoignaient de la présence de nombreux auditeurs.

Par un processus qu'Andrea, dans son inexpérience, ne saisit pas réellement, l'ordre finit par émerger du chaos et chacun parvint à sa place sur la scène, avec ses instruments accordés. D'une main, Jess tenait la guitare Castille, l'autre était levée, prête à donner le signal du début du concert.

Il l'abaissa et la musique fusa soudain avec une puissante énergie tandis que le rideau s'écartait, révélant la vedette et son groupe dans l'éclairage magique des spots.

Après une introduction vive et brève, donnant à l'assistance l'occasion de manifester son enthousiasme, Jess alla au micro, le regard embrassant la mer de visages face à lui.

177

Il maniait le temps avec une maîtrise parfaite, songea Andrea. Il ménagea juste la seconde de silence nécessaire, puis, comme si ses yeux sombres et pénétrants s'adressaient à chacun en particulier, il lança avec l'intonation d'un ami de toujours :

— Bonsoir !

Les murs vibrèrent de la réponse.

Il parla à son public avec une nonchalance calculée, une pointe d'humour, un brin d'ironie souriante et une indéniable gentillesse. A partir de cet instant, la salle tomba complètement en son pouvoir. Il lui appartenait de provoquer le rire, de déclencher des larmes, des vagues d'excitation et des moments de recueillement.

Andrea succomba au charme, plus que les autres. Pleurant d'émotion malgré sa volonté de se contrôler, elle se prit à maudir Jess Clark. *Pourquoi faut-il que je l'aime ?* se demanda-t-elle. *Je vais rentrer chez moi demain et je tirerai un trait sur toute cette histoire.*

Puis, absolument subjuguée par la performance de l'artiste, par la force irrésistible de la musique, elle oublia tout.

A mi-concert, elle ne réussissait plus très bien à se situer, elle s'étonnait elle-même. Avec le recul, sans doute changerait-elle d'avis, mais pour ce soir-là, elle faisait intégralement partie de ce gigantesque rassemblement d'amateurs qui frappaient dans leurs mains et tapaient des pieds au rythme de la musique.

Lorsque le spectacle se termina, elle éprouva des difficultés à revenir à la réalité.

178

Les membres du groupe s'alignèrent au bord de la scène pour un dernier salut et les spectateurs se déchaînèrent en un tonnerre d'applaudissements.

Le rideau se referma, les spots s'éteignirent. A regret, la foule reflua lentement vers les sorties. Fatigués, Jess et ses musiciens regagnèrent les coulisses où se trouvait Andrea.

Jess était trempé de sueur, son regard semblait vidé de son expression. Il s'arrêta devant elle, s'essuya le front avec un mouchoir et sourit.

—Voulez-vous un autographe, Madame?

Bouleversée, elle balbutia :

— Ce... c'était fantastique. Jess.

— Merci, répliqua-t-il humblement. Nous nous efforçons de faire de notre mieux. Maintenant je dois prendre une douche. Je vous retrouverai dans l'autobus.

Le trajet du retour se déroula dans le calme, sans improvisation, sans beaucoup de conversation. Les voyageurs somnolaient, profitant du confort de leurs sièges. Ils avaient éteint leurs lumières individuelles. Russ veillait à l'avant, ses épaules larges constituant un repère rassurant quand elles se découpaient dans les phares des voitures venant en sens inverse. Le véhicule se mouvait silencieusement dans un univers où presque tout le monde dormait.

En montant en voiture, Andrea avait voulu s'installer à côté de Marilee, mais Jess l'en avait empêchée en s'emparant fermement de son bras pour l'entraîner avec lui à l'arrière.

Elle contemplait le clair de lune sur les champs

qu'ils dépassaient. Jess s'était rafraîchi et changé ; après avoir mis tant de lui-même dans le concert, il était épuisé. Au grand soulagement d'Andrea, sa fatigue ne lui permettait pas de parler de manière suivie. Elle espérait qu'il allait se reposer, comme les autres, et lui rendre ainsi le parcours moins douloureux. Elle n'avait pour sa part plus rien à lui dire. Elle n'aspirait qu'à lui échapper, à se réfugier dans sa chambre d'hôtel et à entamer le compte à rebours jusqu'au moment où, le contrat signé, elle s'envolerait pour Tampa.

Mais dans l'obscurité, Jess chercha sa main. Elle se raidit et retint son souffle. Il glissa un doigt sous son menton, amenant son visage vers le sien. Il se préparait à l'embrasser. La panique l'envahit et elle se déroba.

Après quelques instants d'un silence pesant, pénible, il lui demanda doucement :

— Qu'y a-t-il, Andrea ?

La gorge serrée, elle ne savait comment lui répondre.

— Vous ai-je contrariée d'une façon ou d'une autre ? s'enquit-il.

Ses pensées partaient dans toutes les directions. Elle cherchait désespérément les moyens de se tirer d'affaire. En acceptant d'accompagner le groupe, elle n'avait pas cru risquer de se trouver seule avec Jess.

Elle ne connaissait pas alors les proportions du véhicule. Elles donnaient à chacun des possibilités d'intimité. Andrea n'avait pas prévu non plus que tous les autres s'assoupiraient.

180

Cette confrontation constituait l'épreuve qu'elle voulait éviter à tout prix avant la signature du contrat. Une fois le papier en sécurité dans son attaché-case, rien ne l'empêcherait plus de repousser Jess. En cet instant, elle n'en avait pas encore le droit, il ne fallait pas compromettre à la dernière minute l'avenir des guitares Castille.

Cependant, si elle consentait à se montrer amicale envers Jess, à lui sourire, à l'honorer d'un comportement plaisant, il existait une limite qu'elle refusait de dépasser. Elle ne voulait pas recevoir son baiser.

Ne trouvant rien à répliquer, elle garda le silence.

Jess ne semblait toutefois pas disposé à abondonner la partie.

— J'avais l'impression qu'il se passait quelque chose entre nous et, tout à coup, vous devenez aussi froide qu'un hiver en Russie.

— Considérons que j'ai réfléchi et restons-en là... dit-elle à contrecœur.

— Non, certainement pas! lança-t-il, s'emportant soudain. Vous me devez une explication.

— Jess, nous sommes tous fatigués maintenant, attendons demain.

Malgré l'obscurité, elle percevait le regard qu'il posait sur elle.

— Non, nous allons régler cette question immédiatement.

Il la poussait dans ses ultimes retranchements. En dépit de ses efforts pour réprimer les paroles qui lui montaient aux lèvres, elles explosèrent:

— Jess, vous n'êtes pas honnête avec moi et vous ne l'êtes pas non plus avec Nori!

Un silence tomba sur ses mots, puis il s'enquit sur un tout autre ton:

— Qu'a-t-elle à voir dans cette histoire?

— Vous le savez très bien.

— Non. Daignerez-vous m'éclaircir?

Les larmes perlant au bord de ses paupières, elle le supplia:

— Jess, je vous en prie, n'allons pas plus loin!

— Après ce que vous venez de dire, je vous conseille de vous faire mieux comprendre.

Elle ferma les yeux, se crispant à se faire mal pour ne pas pleurer.

— Jess, Nori m'a raconté votre relation. Hier soir à Skyland, je l'ai aidée à se coucher. En rangeant ses vêtements dans l'armoire, j'ai constaté qu'elle vivait avec vous.

Jess laissa échapper un soupir.

— Voilà pourquoi vous avez soudain souffert de migraine hier! Nori a passé quinze jours à Skyland, mais elle n'y vit pas. Vous saisissez la différence, j'espère? Elle a touché le fond, cumulé tous les problèmes. Dernièrement, elle a été expulsée de son appartement parce qu'elle ne payait plus le loyer. Nous nous sommes efforcés de lui venir en aide. L'enregistrement d'aujourd'hui constituait sa dernière chance. J'ai pensé qu'il valait mieux l'éloigner de la ville pendant la période qui le précédait, la soustraire à la tentation des bars et de ses mauvaises fréquentations. Je lui ai offert de séjourner à Skyland, à la condition de ne pas boire. Elle a

182

très bien tenu ses engagements jusqu'à hier, où elle a sans doute cédé au trac. Pour ma part, je n'habite pas en permanence là-bas, je suis trop pris à Nashville même. J'y ai un logement où j'ai passé plus de temps qu'à Skyland dernièrement.

Les mots se gravaient les uns après les autres dans l'esprit d'Andrea. Une lueur de joie pointait timidement, analogue au premier rayon du soleil dans le ciel sombre précédant l'aube. Pouvait-elle accorder foi aux propos de Jess ? La prudence lui commandait de douter de lui. Il lui était facile de mentir à une femme comme elle, si désireuse d'accepter ses explications !

— Nori m'a dit... commença-t-elle.

— Ne tenez pas compte de ce qu'elle vous a dit, Andrea, s'impatienta-t-il. Vous savez que sous l'effet de l'alcool, elle raconte n'importe quoi.

— Je... j'aimerais vous croire.

— Alors croyez-moi.

Il s'exprimait si bas que les autres ne risquaient pas de l'entendre. Pourtant il se montrait ferme et convaincant. La force de ses doigts noués à ceux d'Andrea appuyait sa requête. Le magnétisme qui émanait de lui et l'avait subjuguée toute la soirée produisait encore son puissant effet sur elle. Elle se sentait enveloppée par lui, il anéantissait ses résistances.

— Jess...

Sa voix tremblait.

Une fois encore, il tourna son visage vers le sien et elle ne trouva plus la volonté de s'opposer à lui. Ses lèvres se révélèrent tendres et elle réagit immédiatement. Leurs corps se rapprochèrent instinctivement l'un de l'autre.

Dans le cercle des bras de Jess, nourrie par son énergie, Andrea avait l'impression que l'autobus s'était transformé en un abri chaud et protecteur. Comme s'il désirait imprimer dans sa mèmoire le souvenir de chaque ligne de son corps, de sa main libre il en traça les contours : jambes, hanches et buste, qui s'émurent à son contact. Une sensation de bien-être infini se répandit en elle.

Son bonheur chassa complètement les tourments. Une chanson semblait s'élever de son cœur pour affirmer librement son amour pour Jess.

Elle eut envie de rire tout haut. Sa colère et sa déception se révélaient le fruit d'une erreur ridicule. Tous ses sentiments pour Jess revenaient décuplés, une vive exaltation s'empara d'elle.

Elle se laissa aller totalement contre lui, sa tête sur son épaule, ses lèvres entrouvertes balayant son cou d'un souffle tiède.

Elle dérivait sur une mer de plaisir... Ils dérivaient ensemble, enlacés...

Elle ne fut plus consciente de rien ensuite, jusqu'au moment où elle entendit son nom, tandis qu'on la secouait doucement.

— Andrea. Nous sommes arrivés.

Elle ouvrit les yeux et mit quelques instants à comprendre où elle se trouvait. Elle se rendit compte qu'elle s'était assoupie dans les bras de Jess qui sommeillait aussi.

Russ se tenait devant elle et répéta :

— Nous sommes arrivés.

184

En dehors du son de sa voix, le silence le plus complet régnait dans l'autobus. Tous dormaient encore profondément.

Levant la tête, Andrea découvrit que le véhicule était arrêté devant l'entrée de son hôtel. Elle esquissa un signe d'acquiescement, puis se dégagea de l'étreinte de Jess en prenant soin de ne pas le réveiller. Il bougea, changea de position et sombra à nouveau.

Avant de s'éloigner, Andrea le contempla et sourit de l'expression de paix de son visage. Détendu et complètement abandonné, une mèche de cheveux tombant sur son front, il paraissait plus jeune, presque un enfant. Les longs cils noirs qui ombraient ses joues donnèrent à Andrea l'envie de se pencher pour déposer un tendre baiser sur ses paupières.

Elle le quitta, attentive à ne déranger personne. Russ la suivit jusqu'à la portière et lui demanda :

— Puis-je vous aider ?

— Non, c'est inutile. Je n'ai rien à porter que ce petit sac.

Une fois dans sa chambre, elle enfila son pyjama de soie bleue et se coucha entre les beaux draps de son lit. Songeuse, les yeux fixés sur le plafond, elle essaya d'introduire un peu d'ordre dans les événements des dernières vingt-quatre heures, des événements qui la dépassaient. Déjà cette journée et cette soirée si longue prenaient les contours irréels du rêve. S'était-elle réellement rendue à Knoxville dans l'autobus ? Le concert avait-il vraiment eu lieu ? Jess l'avait-il tenue dans ses bras, lui assurant qu'elle se méprenait sur ses relations avec Nori ?

Elle tenta d'analyser l'impact de cette rencontre sur sa vie, mais elle glissa dans en état entre la veille et le sommeil, où toutes ses pensées devinrent imprécises jusqu'à s'estomper complètement...

Elle se réveilla en sursaut alors qu'elle croyait voyager parmi les étoiles dans un autobus volant.

Puis elle entendit à nouveau le bruit qui l'avait tirée de son assoupissement : on frappait à sa porte. Elle repoussa son drap et consulta sa montre. Quelle ne fut pas sa surprise ! Il était midi.

Les coups s'intensifièrent.

— Un instant ! cria-t-elle en cherchant du regard un peignoir à passer sur son son pyjama.

Lorsqu'elle ouvrit enfin, il lui sembla recevoir une gifle. Nori Lawrence était la dernière personne qu'elle s'attendait à découvrir sur le seuil de sa chambre.

La frêle blonde montrait une image fort différente de celle de leur précédente rencontre. Elle arborait une mine fraîche et dispose qui correspondait mieux à sa jeunesse. L'enregistrement qu'elle venait de réaliser avait changé sa vie. Pour la première fois, Andrea la voyait sobre.

— Je suis désolée de vous déranger, annonça-t-elle, mais je ne pouvais passer que maintenant. Je suis ravie, je cours à nouveau d'occupation en occupation comme au bon vieux temps !

Gaiement, elle ajouta :

— C'est à Jess que je dois tout cela. Et je suis sur mes gardes maintenant. La leçon a été suffisamment dure pour que je comprenne. Nori Lawrence ne se laissera plus mettre à l'écart.

— Entrez, proposa Andrea.

— Juste une minute. Je vous apporte ceci de la part de Jess.

Elle tendit une grosse enveloppe brune.

— Le contrat, en ordre, précisa-t-elle. Jess et son homme de loi se sont vus à dix heures, ce matin. Il est signé, scellé et donné en mains propres à présent. La mission qui vous a amenée à Nashville est accomplie. Vous avez vous aussi une raison d'être heureuse maintenant. Votre grand-père sera fier de vous.

Ebahie, Andrea prit l'enveloppe sans réagir. Un profond soulagement constitua ensuite sa première émotion. Finis les délais, les tensions, les angoisses! Elle tenait entre ses doigts le futur des guitares Castille, un futur prospère.

Mais d'autres émotions, plus personnelles, ne tardèrent pas à se manifester aussi.

— Jess ne vous a-t-il pas aussi chargée... d'un message pour moi?

Nori secoua la tête.

— Non. Il a beaucoup à faire aujourd'hui. Il voulait en tout cas s'assurer que vous ayez le contrat à temps. Je crois que vous avez un avion pour Tampa en début d'après-midi.

Le regard de Nori s'éclairant, elle enchaîna:

— En parlant de Jess, regardez un peu la surprise qu'il me réservait aujourd'hui!

Elle agita sa main gauche sous les yeux d'Andrea. Un diamant éblouissant ornait son annulaire.

Pour Andrea, la terre s'arrêta de tourner, même si, à travers un brouillard, elle percevait toujours le bruit lointain, étouffé, de la circulation dans la rue en bas, le ronronnement de l'ascenseur dans le couloir et celui du système d'air conditionné.

Elle vit son reflet dans le miroir. Tout le sang s'était retiré de son visage. Sa voix était celle d'une étrangère.

— C'est une bague magnifique, Nori...

— Oui, Jess ne s'est pas moqué de moi. Il m'avait promis des fiançailles si je réussissais mon enregistrement. J'ai l'impression qu'il est enfin décidé à faire de moi une honnête femme. J'espère que vous pourrez revenir pour notre mariage.

— Votre mariage? répéta Andrea d'une voix presque inaudible.

— Oui, il en a déjà fixé la date.

— Je... Je ne sais pas...

Fronçant les sourcils, Nori scruta les traits d'Andrea avec attention.

— Il ne vous a pas parlé de notre situation, n'est-ce pas? Non, il ne vous a certainement rien dit. Vous n'avez pas pris trop au sérieux votre petite aventure avec lui? Je vous le souhaite en tout cas. Jess aura brisé bien des cœurs! Le soir du barbecue, j'ai remarqué qu'il était déterminé à vous conquérir et, quand il se fixe un objectif, il l'atteint en général. Sans cette obstination, il ne serait pas arrivé là où il est. Vous représentiez un défi intéressant pour lui, il n'a pas l'habitude de fréquenter des femmes de votre genre... réservées, aristocratiques. Vous avez sans doute piqué son orgueil ; dans ces cas-là, il est capable de tout pour arriver à son but. Comment pensez-vous qu'il ait

188

agi pour devenir une si grande vedette ? Il n'a pas hésité à écraser les autres afin d'occuper la première place.

Nori haussa les épaules et conclut :

— Je ne le juge pas, toutefois, nous nous comprenons lui et moi, nous sommes tellement semblables. Nous fonctionnons de la même manière, avec un dixième de talent et neuf dixième d'opportunisme. Vous a-t-il raconté que j'avais grandi dans la même ville que lui ?

Andrea essaya d'avaler la petite boule qui lui nouait la gorge. Les propos de Nori lui soulevaient le cœur. Comme elle esquissait un signe négatif, son interlocutrice ajouta :

— Je connais Jess depuis toujours et il m'a déjà fait supporter beaucoup de choses, l'égoïste ! Mais il me revient à chaque fois. Je ne regrette pas ma patience.

Elle se mordilla pensivement la lèvre inférieure et lança encore :

— A propos, j'ai une bonne nouvelle pour la promotion de vos guitares. Jess a été élu meilleur chanteur de l'année. Il l'a appris ce matin. Il y aura en son honneur une grande manifestation au Centre Kennedy, à Washington, dans dix jours. Le président des Etats-Unis et son épouse assisteront au spectacle qui sera retransmis à la télévision. Qu'en dites-vous ?

Souriant avec contentement, elle expliqua encore :

— Jess a décidé que nous nous marierons juste après. Quel beau programme, ne trouvez-vous pas ? Mais je parle, je parle et vous avez un avion à prendre et moi un rendez-vous important ! Souhaitez-moi bonne chance.

Sur ces mots, elle adressa à Andrea un bref salut de la main, puis la jeune femme se retrouva seule, paralysée, fixant une porte close.

Deux heures plus tard, elle s'envolait. Nashville disparut au loin. Andrea était épuisée, vide, incapable même de pleurer. Les larmes viendraient sans doute plus tard, une fois le choc initial passé.

14.

Andrea devait dissimuler sa peine sous les apparences d'un retour triomphal. Raymond l'attendait comme la fois précédente à l'aéroport de Tampa. Il la serra dans ses bras avec une fougue qui contrastait avec sa réserve coutumière.

Ils se rendirent directement à l'hôpital où Andrea trouva son grand-père assis dans son lit, adossé aux oreillers. Elle lui mit le contrat signé entre les mains. Le regard du vieil homme s'éclaira instantanément, se révélant un baume sur sa douleur. L'expression tourmentée qui marquait le visage de Manolo Castille depuis de nombreuses semaines s'effaça.

— Voilà qui va tout changer, n'est-ce pas, Raymond? s'enquit-il en agitant la feuille de papier. Vous pouvez commencer la campagne que vous avez prévue, n'est-ce pas?

— Absolument, répliqua Raymond. L'agence de publicité est déjà en possession du plan et elle s'occupera des détails. Nous n'attendions que la signature de Jess Clark. Bientôt, tout le monde connaîtra les guitares Castille!

Manolo Castille brandit fièrement le poing.

— Nous avons réussi! Bravo!

Il considéra Andrea avec des larmes d'émotion.

— Ma petite-fille, comment te remercier? Ce contrat que tu rapportes de Nashville constitue notre salut.

— Je n'ai rien fait que de le ramener. Tout le mérite de cette longue négociation vous revient, à toi et à Raymond.

— Dès que je sortirai d'ici, j'organiserai une fête mémorable, tu verras! annonça Manolo, enthousiaste. J'offrirai un banquet à tous les gens de la fabrique, chacun d'entre nous a sa part dans ce succès.

— J'ai encore une bonne nouvelle, déclara Andrea.

Elle poussa un profond soupir avant de poursuivre, elle s'efforçait de contrôler les sentiments qui ne concernaient qu'elle.

— Juste avant de quitter Nashville aujourd'hui, j'ai appris que Jess Clark avait été élu meilleur chanteur de l'année. Une manifestation sera organisée en son honneur au Centre Kennedy et retransmise à la télévison.

— Fantastique! s'exclama Raymond. La chance nous sourit enfin!

— C'est bien, approuva Manolo Castille, mais je ne comprendrai jamais pourquoi l'on décerne des distinctions à des artistes de ce genre. Enfin, j'aurais tort de faire la fine bouche!

192

Tandis qu'il riait, Andrea lui expliqua :

— Grand-père, j'ai assisté hier soir à un concert de Jess Clark. Avant de l'entendre, j'étais de ton avis, je ne connaissais pas ce style de musique, mais je dois lui rendre justice. Il a peut-être des défauts en tant qu'homme, mais son talent est indiscutable. Sur scène, c'est... un génie, je suis obligée d'employer ce mot. Tu ne le croiras peut-être pas, mais quand je lui ai offert ta guitare, sais-tu ce qu'il a joué dessus ? La Malagueña d'Ernesto Lecuona.

Stupéfait, Manolo écarquilla les yeux.

— Vraiment ?

— Oui, et sans une faute. Tu aurais été heureux : son interprétation rendait hommage à ton cadeau. Avant de commencer, il m'a dit qu'il jouait pour toi.

Manolo secoua la tête.

— Peut-être l'ai-je sous-estimé.

La résistance d'Andrea diminuait d'instant en instant. Elle venait d'accomplir des efforts surhumains pour cacher son désespoir et donner le change. Epuisée, elle avait impérativement besoin de se retrouver seule.

— Je me suis couchée très tard hier, raconta-t-elle. Je n'en peux plus. Si cela ne vous dérange pas, Raymond, j'aimerais que vous me raccompagniez chez moi.

— Mais bien sûr ! s'écria Manolo. Va te reposer, mon enfant, dors bien, nous avons tout le temps de discuter et de fêter l'événement.

Elle l'embrassa sur le front et quitta la pièce avec Raymond. Avant de partir, elle se retourna encore une fois pour regarder son grand-père. Les yeux fermés, il remuait lentement les lèvres. Elle comprit qu'il récitait une prière.

— A vous d'agir maintenant, Raymond, déclara-t-elle pendant le trajet. Il mise sur vous.

Raymond la gratifia d'un grand sourire.

— J'ai pleine confiance en notre réussite, Andrea. Le nom de Jess Clark nous ouvre de nouveaux crédits. Je peux vous jurer que d'ici un an, les guitares Castille seront une grande société.

A ces mots, Andrea soupira.

— Dans ce cas, ce n'était peut-être pas trop cher payé... murmura-t-elle pour elle-même.

— Pardon ?

— Rien, je pensais tout haut.

Il y eut un silence, puis Raymond lui demanda :

— Andrea, avez-vous réfléchi à ma proposition ?

Elle se mordilla les lèvres.

— Ces derniers jours ont passé comme un tourbillon pour moi. Ne m'en veuillez pas, mais je... je n'ai eu une minute pour réfléchir.

Posant un instant sa main sur celle de son compagnon sur le volant, elle ajouta :

— Soyez patient.

Epouser Raymond, le pouvait-elle ? Dans six mois, dans un an ? Elle n'en savait rien. Sa blessure était trop fraîche. Quand le chagrin s'atténuerait, peut-être deviendrait-il possible d'envisager ce mariage qui représentait la voix de la raison. Tout ce qui se rapportait à Jess Clark se révélait une folie, au contraire. Quand elle songeait aux événements

194

récents, elle ne parvenait à croire qu'elle, Andrea Castille, s'était laissé aller à un comportement aussi impulsif et irrationnel. Un homme possédait-il donc le pouvoir de semer un tel désordre dans sa vie ?

Enfin elle atteignit son appartement ; soulagée de se retrouver seule, elle s'effondra dans son lit sans même se déshabiller.

Les larmes ne vinrent que pendant la nuit ; très soudainement, de violents sanglots secouèrent tout son corps. La colère côtoyait la souffrance et un terrible sentiment de perte. Avec quelle cruauté Jess lui avait menti dans l'autobus ! Elle le méprisait !

Elle plaignait d'ailleurs Nori Lawrence qui endurait humiliation sur humiliation.

Au bout d'un moment, épuisée physiquement et émotionnellement, elle sombra à nouveau dans le sommeil.

Il lui sembla cependant avoir à peine fermé les yeux quand elle les rouvrit. Pourtant, le jour était levé depuis longtemps ! Les paupières gonflées, l'esprit embrumé, elle éprouva du mal à se réveiller totalement.

Elle resta allongée, immobile, fixant le plafond avec une sensation d'abattement absolu. Sortir du lit et retirer ses vêtements froissés lui parut impossible.

Puis elle perçut confusément un bruit de voix dans le couloir. Elle fronça les sourcils dans son effort pour les identifier.

L'une lui était familière, il s'agissait de M. Garcia, le concierge.

L'autre... lui était familière aussi, mais elle se trompait sûrement! Son état dépressif lui jouait des tours... Et cependant...

Elle se redressa, la tête lui tournait tandis qu'elle tentait de séparer ses hallucinations de la réalité.

La voix résonna à nouveau, déclenchant un torrent d'émotions. Elle porta ses mains à ses joues, soudain brûlantes. *Ressaisis-toi!* s'ordonna-t-elle.

On frappa à sa porte.

Elle ne bougea pas. Les yeux écarquillés par la peur, elle attendit.

On frappa à nouveau et la voix appela:

— Andrea!

Un gémissement s'échappa de ses lèvres exsangues. Elle secoua lentement la tête, elle devenait folle.

Elle ne sut par quel miracle elle réussit à se traîner jusqu'à la porte. Avec des doigts glacés et tremblants, elle enleva le verrou et ouvrit.

Jess Clark pénétra dans son appartement. Elle l'entendit marmonner:

— J'ai eu toutes les peines du monde à vous retrouver...

Clouée sur place par la stupéfaction, la gorge serrée, elle parvint seulement à demander:

— Que faites-vous ici?

— A votre avis? rétorqua-t-il. Je voudrais comprendre pourquoi vous avez disparu comme un courant d'air!

Il serrait son bras dans des doigts d'acier et la transperçait d'un regard intense. Elle se maudit pour la vague incontrôlable de désir qui déferla sur elle malgré la malhonnêteté de Jess. Nori acceptait-elle de vivre comme son esclave à cause de ce genre de faiblesse ?

— Vous avez une mine terrible, nota-t-il. Etes-vous malade ?

Elle s'évertuait à sortir du brouillard qui l'enveloppait.

— Dites-moi pourquoi vous êtes ici, répéta-t-elle.

— Je viens de vous le dire. Hier, après avoir rempli mes engagements de la matinée, je me suis rendu à votre hôtel. Vous étiez partie, sans laisser de message pour moi. Partie, tout simplement.

Il la lâcha et commença à marcher dans la pièce, manifestant tous les signes de la fureur.

— Une fois le contrat dans votre poche, vous êtes immédiatement rentrée chez vous. Rien d'autre ne vous intéressait.

Il pivota sur lui-même et la fusilla du regard.

— J'ai beau tourner et retourner l'histoire dans mon esprit, j'arrive toujours à la même conclusion. Vous vous êtes moquée de moi, vous m'avez joué le jeu de la séduction, j'ai eu droit au sourire, aux yeux doux et, une fois votre but atteint, vous vous êtes enfuie de Nashville le plus rapidement possible. « Adieu Jess, j'ai ce que je veux ! »

Son instinct la poussa à reculer, complètement abasourdie :

— Comment osez-vous porter une telle accusation ?

Jess se passa la main dans les cheveux, puis

197

secoua la tête et déclara sur un ton à la fois cassant et malheureux:

— Je ne porte pas ce genre d'accusation par plaisir, Andrea, mais que devrais-je croire d'autre?

— La vérité! cria-t-elle, toute sa rage contenue explosant d'un seul coup. A condition de savoir la reconnaître, bien sûr! A force de mentir, vous n'en êtes peut-être plus capable!

Il la considéra en fronçant les sourcils.

— Daigneriez-vous vous expliquer un peu?

— Certainement. Dans l'autobus, au retour de Knoxville, je vous ai affirmé que je connaissais la nature de vos relations avec Nori. Avez-vous alors eu la franchise et le courage d'admettre les faits? Oh non, pas du tout! Vous avez préféré mentir, me raconter que Nori vivait seulement pour quinze jours à Skyland, bénéficiant de la générosité d'un ami très dévoué. Vous vous êtes montré si convaincant que je suis tombée dans le piège. Vous avez dû vous sentir très habile et bien rire de moi!

L'expression de Jess s'assombrissait d'instant en instant, il protesta.

— Mais c'était la vérité!

— Ah oui! Et l'énorme diamant à l'annulaire gauche de Nori, l'ai-je inventé?

— J'ignore de quoi vous parlez.

— Ne recommencez pas, Jess Clark! fulmina-t-elle. Je sais tout. Nori est née dans la même ville que vous, elle a grandi avec vous, elle est votre compagne depuis longtemps. Et vous venez enfin de vous décider à l'épouser. Hier matin, vous lui avez offert une bague de fiançailles et vous allez vous marier avec elle après la manifestation en votre honneur au Centre Kennedy !

Jess étudiait Andrea d'un air songeur.

— Est-ce Nori qui vous l'a dit?

— Oui.

— Quand?

— En m'apportant le contrat signé hier matin.

— Nori vous a apporté le contrat!

— Naturellement, puisque vous l'en avez chargée.

Jess secoua la tête.

— J'ai remis le contrat à la secrétaire de mon imprésario en lui demandant de vous le faire porter avec un message. Je vous proposais un rendez-vous après le dejeuner. Sans doute Nori est- elle passée et, en parlant avec la secretaire, lui a offert de se charger du contrat. Andrea, il n'y a pas un mot de vrai dans tout ce qu'elle vous a raconté, sauf qu'elle vient effectivement de la même ville que moi. Oui, ce point-là est exact. Je connais d'ailleurs très bien ses parents. Je travaillais dans l'équipe de son père dans la mine à l'époque où elle était encore une petite fille. Lorsqu'elle est arrivée à Nashville, j'ai trouvé tout naturel de l'aider au maximum. Elle a beaucoup de talent, mais des problèmes psychologiques.

Andrea cherchait son souffle. A la place de la tête, il lui semblait être affligée d'un ballon trop gonflé, sur le point d'exploser. Elle couvrit ses oreilles de ses mains.

— Assez! Je n'en crois pas un mot. Vous me mentez comme dans l'autobus.

— C'est la vérité, Andrea.

— Alors expliquez-moi la bague de fiancailles !

— J'en suis incapable. J'ignore d'où Nori la tient. Peut-être s'agit-il d'une imitation qu'elle s'est procurée n'importe où. Elle peut se montrer diabolique à l'occasion. Elle a jeté son dévolu sur moi, je le sais. J'ai essayé de la raisonner à ce propos, de lui faire comprendre que je ne partage pas ses sentiments. Mon attirance pour vous l'a certainement rendue très jalouse et elle a vite élaboré cette ruse dans l'espoir de vous voir partir par le premier avion.

— Elle a réussi !

Des larmes coulaient à présent sur les joues d'Andrea.

— Jess, cessez de vous moquer de moi ! supplia-t-elle. Je ne sais plus qui croire : Nori, vous ? Vous avez décidé de m'ajouter à la liste de vos conquêtes dès le premier instant où nous nous sommes rencontrés, j'en suis parfaitement consciente. Nori m'a expliqué que je diffère des femmes dont vous avez l'habitude. Mais vous possédez un énorme orgueil, Jess Clark. En quittant Nashville sans vous prévenir, je l'ai peut-être encore davantage piqué. Peut-être êtes-vous absolument déterminé à atteindre votre but. Est-ce pour cette raison que vous m'avez suivie jusqu'ici ? Avouez-le !

Jess franchit l'espace qui les séparait en deux enjambées. Se dressant devant elle, la dominant de toute sa hauteur, il déclara :

— J'ai envie de vous, Andrea. Et vous avez envie de moi. Même en cet instant, alors que vous êtes tellement en colère, vous avez envie de moi, n'est-ce-pas?

Il toucha ses bras et, comme en réponse à sa question audacieuse, un long frisson parcourut tout le corps d'Andrea. Ses jambes faiblirent sous elle et elle vacilla contre lui. Secouant la tête, elle gémit:

— Laissez-moi tranquille, Jess. Retournez vers Nori.

— Je n'ai à retourner nulle part. Comment vous en convaincre? Comment?

Il marqua une pause, puis lança brusquement:

— Marions-nous, Andrea.

Tout le sang se retira de son visage, tandis qu'elle s'écriait:

— Comment?

— Oui, je suis sérieux. Nous pouvons prendre un avion pour Las Vegas dès aujourd'hui. Vous serez Mme Jess Clark avant ce soir. Alors, vous ai-je menti? Je ne pourrai plus épouser Nori si je suis votre mari, qu'en pensez-vous?

Andrea allait s'évanouir. La proximité de Jess la rendait complètement folle. Elle s'éloigna, dans l'intention désespérée d'y voir clair. Jess lui offrait le mariage. Avait-elle bien entendu?

Il la rejoignit et la prit dans ses bras.

— Non… Je vous en prie… se lamenta-t-elle.

Mais au lieu de la lâcher, il l'attira plus près de lui. A travers leurs vêtements, son corps infligeait au sien une brûlure délicieuse. Le désir montait en elle par vagues violentes. Elle protesta faiblement:

— Non… Non… Non…

Mais son cœur qui battait contre le torse de Jess criait: « Oui… Oui… Oui…! »

Les doigts de Jess laissaient des traces de feu sur leur passage. Il la prit par le menton et leva son visage vers le sien. La puissance de ses yeux sombres s'infiltra jusqu'au plus intime d'elle-même, elle était envoûtée. Ses lèvres sur les siennes obtinrent une réponse frémissante.

Pourtant elle pleurait. Les paroles de Nori résonnaient encore à ses oreilles. Jess Clark etait capable de tout pour obtenir ce qu'il voulait, elle le savait.

Etait-il même capable de s'envoler à Las Vegas pour un mariage précipité? Pourquoi pas, s'il ne voyait pas d'autre moyen de posséder l'objet de son désir? Pour lui, un mariage ne représentait pas vraiment un problème. Ses hommes de loi sauraient en temps voulu lui rendre sa liberté.

Andrea se trouvait dans l'impossibilité de savoir la vérité. Elle ignorait ce qui se passait réellement dans le cœur de Jess Clark. Les idées et les sentiments qui l'habitaient lui étaient inconnue. Elle se tenait face à un étranger.

Il l'embrassait à nouveau et ses mains s'accordaient une audace de plus en plus grande, semant le désordre dans ses pensées. Elle ne parvenait plus à réfléchir quand il réveillait une passion aussi primitive en elle.

Les boutons de son corsage cédèrent et les doigts de Jess s'insinuèrent sous l'étoffe pour caresser la peau veloutée qu'elle dissimulait. Andrea gémit, son corps se raidissant contre le sien. Elle avait faim de lui, elle aspirait à se donner à lui, elle n'attendait que de faire un avec lui.

Jess Clark était l'homme qui savait l'amener au

sommet de sa féminité, elle ne pouvait pas se le cacher. Il lui révélait toute l'ardeur qui sommeillait en elle et qu'elle n'aurait peut-être jamais découverte avec un autre. Il lui ouvrait le chemin de l'extase.

La raison possédait-elle encore des droits face à de telles promesses?

— Nous partons pour Las Vegas ce soir, n'est-ce pas? chuchota Jess à son oreille.

Non, la raison ne possédait plus aucun droit. Vaincue, Andrea inclina la tête.

15.

Andrea soupira et bougea, jetant un regard autour d'elle tandis qu'elle s'éveillait lentement. Partout où ses yeux se posaient, ils rencontraient le confort et le luxe: des meubles de prix, une moquette épaisse, de lourdes tentures qui les protégeaient du soleil. Elle se trouvait dans l'un des hôtels pour millionnaires de Las Vegas.

Elle se redressa sur un coude et contempla l'homme endormi à ses côtés. Elle promena un doigt tendre sur son front, joua avec la mèche rebelle qui refusait de rester en place. Elle descendit jusqu'aux commissures de ses lèvres et un frisson délicieux la parcourut. Jess mumura des paroles inintelligibles sans sortir de son sommeil.

Dans le regard d'Andrea posé sur l'homme qu'elle venait d'épouser se reflétait sa perplexité. Avait-elle rêvé les dernières vingt-quatre heures?

Elle se recoucha et étudia sa main gauche. L'alliance était réelle en tout cas.

Le souvenir des événements de la veille enva-
hirent sa mémoire sous la forme d'une succession
rapide d'images : la préparation précipitée des bagages, l'arrêt à l'hôpital pour apprendre la nouvelle
à son grand-père, le voyage en avion, les énormes
enseignes lumineuses de Las Vegas et la brève
cérémonie de mariage.

Un dîner somptueux s'était déroulé ensuite, puis
Jess l'avait portée pour franchir le seuil de leur
chambre. Elle se rappelait encore sa délicieuse
impression d'entrer dans une roseraie. Jess s'était
arrangé pour faire livrer des roses rouges, des
douzaines et des douzaines de roses rouges, qui
ornaient l'immense lit aux draps de satin doré.

Elle les caressa de la main, puis les repoussa pour
se lever. Sans bruit, elle gagna la salle de bain aux
proportions peu ordinaires. Dans cet environnement de velours, de robinets en or et de miroirs
scintillants, elle entreprit d'emplir la baignoire en
forme de cœur, équipée de jets de massage.

Dans l'eau chaude, elle se détendit, les yeux
fermés, se laissant modeler par les remous.

Ses pensées s'orientèrent vers son grand-père.
Elle se souvenait de son embarras en lui présentant
Jess à l'hôpital. Ce dernier l'avait étonnée par son
attitude très traditionnelle pour la circonstance.

— Monsieur, j'ai l'honneur de vous demander
l'autorisation d'épouser votre petite-fille, avait-il
dit.

— Epouser ? s'était écrié Manolo, stupéfait.

— Grand-père, tu ne t'y attendais pas, je le sais,
c'est si subit. Mais j'ai passé beaucoup de temps

avec Jess à Nashville. Je... je désire me marier avec lui.

— Tu... tu ne m'en as pas parlé du tout !

La mine blessée du vieil homme lui avait causé de la peine.

— Pardonne-moi, je t'en prie. Tout s'est enchaîné si vite... Je n'ai pas eu l'occasion...

Manolo Castille avait alors poussé un soupir et secoué la tête.

— Je ne comprendrai jamais les jeunes d'aujourd'hui. A mon époque, les hommes faisaient longtemps la cour aux femmes, les familles se rencontraient d'abord.

Il s'était ensuite adressé à Jess :

— Je considère Andrea comme ma propre fille, je me suis occupé d'elle à la mort de ses parents. Mais elle est adulte à présent, elle vit sa vie depuis plusieurs années. Si elle habitait encore sous mon toit, je vous demanderais peut-être à tous les deux de réfléchir, mais dans les conditions actuelles, je peux seulement vous souhaiter d'être heureux.

Il avait serré la main de Jess avec gravité. Les larmes aux yeux, Andrea avait embrassé son grand-père qui, arborant une mine éloquente, s'était enquis :

— Raymond est-il averti ?

Il avait à coup sûr deviné les sentiments de son directeur commercial.

— Je lui écrirai une longue lettre de Las Vegas pour tout lui expliquer, avait répondu Andrea.

Elle espérait qu'il ne souffrirait pas trop et se félicitait de ne lui avoir laissé aucune illusion, aucun espoir.

Jess et elle quittèrent Manolo Castille avec sa bénédiction et la certitude qu'il se rétablissait lentement. Le docteur prévoyait sa sortie de l'hôpital dans les jours à venir.

Subitement, un bruit ramena Andrea au présent. Elle ouvrit les yeux et trouva Jess assis sur le bord de la baignoire, les jambes déjà dans l'eau. Il la considérait avec un sourire suggestif.

— Ne me regarde pas ainsi, protesta-t-elle en se recroquevillant instinctivement sur elle-même.

— Comment?

— Tu sais très bien ce que je veux dire.

— Qu'y a-t-il de mal à te regarder ainsi?

— Tu me gênes!

— Mais tu es ma femme maintenant!

— Oui, mais je ne suis pas encore habituée. C'est la première fois qu'un homme entre dans ma salle de bain pendant que je suis dans l'eau, toute nue.

— Et si je te rejoignais?

— Jess!

Sans lui laisser le temps de réagir, il mit son projet à exécution et le contact de sa peau contre la sienne produisit son effet dévastateur.

— Jess... commença-t-elle d'une voix rauque.

— Cette nuit a été belle, n'est-ce-pas? murmura-t-il contre son oreille, son souffle caressant ses cheveux.

— Oui, avoua-t-elle en tremblant.

— Elle a été comme je l'imaginais et toi aussi.

— Jess...

Durant les instants de silence qui suivirent, le brassage rythmique de l'eau constitua le seul bruit.

— Jess...

Le souffle d'Andrea devenait de plus en plus inégal.

— Tu aimes?

— Jess, fut la seule réponse d'Andrea.

— Et là, tu aimes?

— Jess, répéta-t-elle une fois de plus.

Plus tard, il la porta encore humide dans le lit aux draps dorés et ils dormirent un moment, dans les bras l'un de l'autre.

Les jours succédèrent aux nuits. Ils s'étreignirent, allèrent au casino, assistèrent à des spectacles, dînèrent de champagne et de langoustes. Jess loua une décapotable pour une promenade dans le désert et ils firent l'amour comme des adolescents, sur la banquette arrière, au clair de l'une.

Mariée à Jess Clark, Andrea aurait dû être la femme la plus heureuse du monde, mais un sentiment de vide et de tristesse la rongeait.

Chaque heure passée auprès de Jess renforçait son amour, mais elle constatait avec douleur qu'il ne le lui rendait pas. Il lui parlait de passion, il la complimentait sur sa beauté, il s'émerveillait du bonheur qu'ils connaissaient ensemble, mais jamais, jamais il ne prononçait le mot qu'elle attendait: amour.

Les soupçons d'Andrea semblaient se justifier. Elle représentait pour lui une conquête de plus, pour laquelle il lui avait fallu recourir aux grands moyens, se marier.

Mais il ne tarderait pas à se lasser de son triomphe. Sans amour, la passion atteignait vite ses

209

limites dans le temps. Inévitablement, Jess se tournerait un jour vers une autre femme.

A la fin de la semaine, ils s'envolèrent pour Washington. Jess se réjouissait beaucoup de son titre de meilleur chanteur de l'année. Contente et fière pour lui, Andrea se sentait néanmoins exclue, malheureuse au fond d'elle-même.

Le soir de la cérémonie, elle se trouvait dans la salle, parmi les personnes les plus célèbres de la musique et de la politique. L'arrivée du président des Etats-Unis et de son épouse escortés par un groupe de gardes du corps déclencha des salves d'applaudissements.

Eblouie, Andrea voyait le fils d'un mineur recevoir l'hommage de toute une nation.

Les spots s'allumèrent sur la scène, les caméras de télévision fonctionnèrent. Un orchestre introduisit la soirée par un morceau très éclatant, puis le maître des cérémonies, un présentateur très connu, apparut.

— Mes amis, nous sommes réunis ce soir pour fêter notre culture, la culture américaine...

Le reste de ses paroles se perdit pour Andrea dans une sorte de brouillard. Elle concentra à nouveau son attention sur l'orateur en entendant:

— Nous avons décerné un prix au meilleur chanteur de cette année. Cet homme, vous me direz qu'il ne fait rien que son métier, mais vous savez tous comme moi qu'il réalise un chef-d'œuvre chaque fois que sort un disque de lui. Il passe sa vie à nous rendre la nôtre agréable. Non seulement il invente des mélodies qui nous enchantent, mais il excelle aussi à redécouvrir les plus belles chansons de nos ancêtres pionniers. Il nous remet en contact avec les racines de notre pays. Voilà, j'ai nommé Monsieur Jess Clark !

Infiniment émue, Andrea vit entrer Jess qui portait sa guitare Castille, il était superbe dans son smoking noir.

Une véritable ovation l'accueillit, puis le silence, un silence presque solennel s'installa dans l'auditorium.

— Mesdames, Messieurs, s'il existe un endroit au monde où l'on peut se permettre de rêver, c'est bien l'Amérique, et je suis ici pour vous le prouver. Tous mes rêves se sont réalisés les uns après les autres, depuis le jour où j'ai écrit ma première chanson en sortant de la mine. J'espère que vous me pardonnerez maintenant une petite allusion à ma vie personnelle, mais je souhaite annoncer au monde entier un autre rêve qui vient de se réaliser pour moi. Je veux que vous le sachiez tous, j'ai épousé la semaine dernière une... une vraie dame issue d'une famille aristocratique. Qu'elle ait accepté un modeste guitariste comme moi constitue un miracle. J'ai été élevé dans des conditions dures, au voisinage de la mine. On m'a appris à ne pas montrer mes sentiments, à garder mes pensées pour moi. Je suis incapable d'exprimer ce que j'éprouve, sauf dans mes chansons. J'ai essayé de mon mieux de dire à cette dame ce qu'elle représente pour moi, de lui dire que je l'adore, mais je n'ai pas bien trouvé les mots. Je n'y arriverai pas autrement qu'en musique, aussi ai-je une nouvelle composition, spécialement pour elle. Elle sort tout droit de mon cœur et je vais la chanter dans un instant, pour la première fois.

Les applaudissements crépitèrent à nouveau et Andrea sentit sur elle tous les regards de l'assistance. Un spot l'avait repérée et l'éclairait pour les caméras qui pivotaient vers elle. Des larmes de bonheur coulaient sur ses joues.

Sur la scène, Peewee, John, Boris et Marilee commencèrent à jouer l'accompagnement et Jess entama un refrain qui répondait à toutes les attentes d'Andrea :

— Mon amour, je n'ai rien d'autre à te donner que mon amour...

Composé par Eurocomposition, Sèvres
Achevé d'imprimer en mai 1988
sur les presses de l'Imprimerie Bussière
à Saint-Amand-Montrond (Cher)
pour le compte des éditions Harlequin

N° d'imprimeur : 4344 — N° d'éditeur : 2065
Dépôt légal : juin 1988

Imprimé en France